老舗酒蔵のまかないさん 二
秋風薫る純米酒とほくほく里芋コロッケ

谷崎 泉

富士見L文庫

CONTENTS

もくじ

鵲瑞 | JAKUZUI

主要登場人物

江南響
苦境に立つ江南酒造の蔵元代理。従業員からも慕われる元ラガーマン。

赤穂三葉
江南家に〝奉公〟にやってきた、ひたむきで不思議な少女。実は…？

江南聡子
響の母。夫が亡くなり、長男が失踪してしまった心労から入院していた。

中浦左千雄
傾きかけた酒蔵を支える誠実な経理部長。元銀行員で聡子の幼馴染み。

秋田健太郎
江南酒造を支える若き杜氏。美味い酒造りに熱心に取り組んでいる。

塚越楓
江南酒造に勤める金髪の従業員。姉御肌で仕事の飲み込みが早い。

高階海斗
江南酒造に勤める若手従業員。高卒で入社しやりがいを感じ始めている。

佐宗翔太
響の幼馴染み。地元で有名な旅館の息子でもあり、商売センスがある。

第一話

九月頭。鵲(かささぎ)市に唯一残る老舗酒蔵、江南(えなみ)酒造ではひやおろしの出荷が始まった。

ひやおろしは別名秋あがりとも言われ、春先に搾った酒を一度火入れした後に秋まで貯蔵して、二度目の火入れは行わず、出荷される酒だ。

夏をまたぎ、時間をかけて熟成させたまろやかな味わいが特徴で、ひやおろしの発売を楽しみにしている日本酒ファンも多い。

江南酒造でもひやおろし用に貯蔵していたタンクから、一升瓶と四合瓶のそれぞれに酒を詰め、ひやおろしのラベルを貼った後、従業員総出で出荷用のケースと段ボール箱に分けて詰めた。

総出と言っても、江南酒造には蔵元代理の響(ひびき)と母親の聡子(さとこ)、杜氏(とうじ)の秋田(あきた)、蔵人(くらびと)の塚越(つかごし)と高階(たかしな)、経理担当の中浦(なかうら)…そして、江南家に奉公している三葉(みつば)の計七名しかいない。

ひやおろしは季節限定の商品だから、発送時期が集中する。秋田の造る酒は順調に口コミで評判が広まっており、取引のある酒販店からの注文数が大幅に増えた。更に三葉の活躍で、新しく契約を結べた雲母(きらら)ホテルグループからまとまった注文が来たので、猫の手も借りたい忙しさだった。

一番注文数の多い東京方面へ向かう運送業者のトラックが到着すると、冷蔵設備のある貯蔵蔵から、用意したケースを運搬用のパレットと呼ばれる台に載せて、フォークリフトで運ぶ。

何回か往復して全ての商品を積み終わった秋田は、トラックのドライバーと話をしていた響に声をかけた。

「響さーん。これで最後です」

「おう。伝票は？」

「これです」

秋田に尋ねた響の元へ、高階が出荷伝票を持って駆けつける。響は受け取った伝票をドライバーに渡し、「よろしくお願いします」と頭を下げた。

これからトラックは東京の配送センターへ向かい、そこから雲母ホテル管理部や注文を貰(もら)った各酒販店へ運ばれることになっている。

出発するトラックを敷地(しきち)の前の公道まで出て見送り、どうか美味(おい)しく飲まれますようにと願う。中でも秋田はトラックに向かって長く頭を下げており、響と高階はそれを見守っていた。

トラックが遠ざかり、ようやく顔を上げた秋田に、響は「大丈夫だ」と声をかける。

「あんなに美味(うま)かったんだから、皆喜んでくれる」

「そうですよ。秋田さんだって驚いてたじゃないですか」

ひやおろし用として貯蔵していたタンクの酒を飲んだ時、その出来に皆が驚嘆した。これならば…と秋田も自信を抱いたようだったのに、出荷を終えた今の表情は微妙なものだ。

「うん、まあね。でも…やっぱり不安だからさ」

「あんま考えるな。まだ出荷しなきゃいけない分が残ってるんだ。明日は他の酒の瓶詰めがあるし」

配達だってある。不安がる前に仕事をこなそうと言う響に、秋田は頷(うなず)いて翌日の業務内容について話そうとしたのだが。

真面目な顔で「その前に」と制される。

「その前に?」

「お疲れさん会をやろう!」

今回、ひやおろしとして用意した酒の量は今の体制となってからはなかったもので、三葉はもちろん、中浦や聡子まで手伝っての総力戦だった。だから、そのお疲れさん会として今夜は皆で飲みに行こうという響の提案に、秋田も高階も二つ返事で同意した。

そこへ蔵の作業場で三葉と一緒に段ボール箱を組んでいた塚越が姿を見せる。

「秋田さん。箱の発注って…」

「楓ちゃん、響さんが飲みに行こうって」

「やった！　おごり？」

顔を輝かせて喜び、ちゃっかりおごりかと確認して来る塚越に、響は頷く。誘ったのは自分だ。任せろと請け合う響に、秋田と高階も喜んでいると、三葉がやって来たので、塚越は嬉しそうに声をかける。

「三葉、響さんがおごってくれるから飲みに行くぞ！」

「えっ。どうしてですか？」

「無事出荷出来たお祝いだよ」

「量が多くて大変だっただろう」

一段落したからと言う響に三葉はトレードマークのお団子を大きく揺らして頷き、全員で鵲駅近くの「勝鴉」へ繰り出すこととなった。

鵲駅近くに店を構える「勝鴉」は、響の幼馴染みでもある佐宗の実家、鵲温泉の老舗旅館「鵲亭」が経営している居酒屋だ。人気店でもあるので予約をして、ついでに佐宗にも用がなければ顔を出すように連絡を入れた。

聡子と中浦も誘ったが、若手だけで楽しむように勧められた。その上、聡子は店まで響と三葉を送ってくれた。

「響、あまり飲み過ぎないようにね。三葉ちゃん、お願いね」

「承知致しました。奥様、送って下さり、ありがとうございます」

「帰りは何とかするから、先に寝ててくれ」

店の前で聡子の車を降り、礼を言って見送る。店に入ると、既に半分以上の席が埋まっており、響は応対したスタッフに予約していることを伝える。

それからカウンターの中にいた店長に声をかけ、持参した一升瓶を掲げて、持ち込みを許してくれるように頼んだ。

「ひやおろしが出来たんだ。飲んでもいいか？」

「もうそんな時期なんですね！　おちょこ、用意させます。うちへの配達は…」

「明後日(あさって)になると思う」

勝鴉では毎年季節の限定酒として、鵲瑞(じゃくずい)のひやおろしをメニューに加えている。既に注文も貰っているので、配達する予定を伝え、スタッフの案内で座敷(ざしき)席へ向かった。

通路に近い手前の席に、一人座って待っていた秋田が、響と三葉を見てこっちだと手を上げる。

「あれ？　奥さんと中浦さんは…」

「遠慮された」

一緒に来たのではないのかと聞く秋田に、響は肩を竦めて返す。若手だけで楽しむように言われたのだと伝えながら、三葉を秋田の向かい側に座らせ、自分はその隣に腰を下ろす。

それから、持って来たひやおろしの一升瓶を座卓の上に置き、店長の許可は取ったと伝えた。

「市内の配達は明後日だったよな？」

「その予定です。鵲亭さんの方は明日でしたっけ？」

「翔太が顔出すって言ってたから確認する。お前、明日は釜のメンテナンスがあるって言ってただろ。俺が行くからいいぞ」

「三葉もお手伝いしますから、何でも言って下さい」

車の運転は無理だが、荷物を運ぶのを手伝うくらいなら出来る。やる気満々で申し出る三葉に、秋田は「もちろん」と笑って頷いた。

「三葉ちゃんは貴重な戦力だから。遠慮なく頼ませて貰うよ。はい、メニュー。響さんのおごりだからたくさん頼もう」

何を食べるかと話し合っている内に、塚越と高階も到着した。注文を取りに来た店のスタッフに次々とオーダーする。

枝豆だの唐揚げだのといった声が上がる中、別のスタッフがお盆に載せた鵲瑞マーク入りのおちょこを運んで来た。三葉は早速、持参した一升瓶の栓を開け、おちょこを五つ並べてひやおろしを注いでいく。

それを皆に配ると、響が「お疲れ様」と声をかけた。

「無事、ひやおろしがリリース出来てよかった。もうすぐ仕込みも始まるし、頑張ろう」

全員が大きく頷き、おちょこの酒を飲む。出荷前に試飲はしているのだが、商品となったものを改めて飲むと、美味しさがしみじみと感じられた。

「やっぱり美味しいですねえ。これ。とろりと濃厚で…甘いのとは違う、味の濃さみたいなのが格別です。旨み、っていうんでしょうか。後味もいいんですよね。ゆっくり味わいたいお酒です」

「三葉ちゃんの感想はやっぱりいいね！」

ほうと息を吐き、頬に手を当ててひやおろしを堪能して呟く三葉に、秋田は感激する。言葉には出来なくても、自分たちだって美味しいのはよく分かっていると、塚越、高階、響は「美味いっすよ」「美味しいです」「美味いよな」と頷き、おかわりを注ぎ合った。

三人の褒め言葉は軽くとも、杯を重ねるのは本当に美味いと思っている証拠だ。苦笑する秋田に、三葉はおちょこの蛇の目を覗きながら質問した。

「同じ鵲瑞の純米酒でも夏酒とは印象が違うように感じるんですが、熟成させるとこんなに変わるものなんですか？」

「夏酒として出したものはちょっと内容が違うからかな」

「どう違うんですか？」

「夏酒はすっきりさせたかったし、売る場所が花火大会だったから変質を避ける為にも火入れしたんで、味の奥行きみたいなのに影響してるかも。度数を下げる為に加水もしたしね。ひやおろしは一度しか火入れしてないし…」

「火入れってなんですか？」

秋田の言っている意味が分からず、三葉は不思議そうに首を傾げる。きらりと目を光らせた秋田は滔々と説明を始める。

「火入れっていうのは火落菌の殺菌と、酒質の劣化を防ぐ為に加熱することだよ。方法としては蛇管とかヒーターとかで六十度から六十五度くらいにしてから急冷する感じのやり方が多くて、高級酒とかだと瓶詰めしてから湯煎殺菌することもある。通常は貯蔵前と出荷前の二度、火入れするんだけど、それをしていないのが生酒、出荷前に一度火入れしてるのが生貯蔵酒、貯蔵する前に一度火入れしてるのが生詰め酒っていうんだ」

「ほう…」

「十五度くらいのアルコール度数がある日本酒の場合、普通の細菌は増殖出来ないんだけど、火落菌はアルコール耐性が強いんだ。火落菌っていうのは乳酸菌の一種で、ラクトバチルス属の中温性乳酸桿菌に分類されて…」

「ラクトバチルス……」

真面目に秋田の話を聞いていた三葉の表情がどんどん難しげなものになっていくのを見て、響が助け船を出す。

「難しい話はそれくらいにしてやれよ」

「三葉。秋田さんの長い話は適当に聞き流せ。頭痛くなるぞ」

「あ、料理が来たみたいですよ」

高階の声に、空腹だった一同はさっと顔付きを変える。頭痛くなると言われてショックを受けていた秋田もだ。響のいるテーブルでは気合いを入れて食べないと、料理にありつけないと身をもって知っている。

枝豆、冷や奴、唐揚げ、串焼き、お造り、麻婆豆腐、きのこソテー、チーズ盛り合わせ。

座卓に並べられた料理に、一斉に箸を伸ばす。

がつがつと競い合うようにして食べ始めたところへ、佐宗が姿を現した。

「どうしたの。今日は勢揃いで」

「あ、佐宗さん。お疲れ様です」

「こんばんはー」

「早かったな。これが出たお祝いだ」

時間と店しか伝えていなかった響は、宴会の理由を聞く佐宗に、一升瓶を掴んで見せる。

佐宗は響の隣に腰を下ろし、もうそんな時期かと驚いた。

「注文貰ってた分、明日、配達しても大丈夫か？」

「もちろん。料理長に伝えておくよ。そっか。ひやおろしの発売記念なんだね」

「今年は雲母ホテルからの発注もあって、去年よりも大幅に出荷量が増えたんです。出荷作業も大変だったので、その慰労会も兼ねてというか」

「へえ……」

秋田の口から雲母ホテルの名を聞いた佐宗は、微かに目を眇める。同業者としてライバル心があるらしく、雲母ホテルとの契約が結べたと響が話した時も、喜んでみせながらも微妙な反応を見せていた。

「うちの発注量じゃ慰労会なんか必要ないからねえ」

「いや、そんな……佐宗さん……」

「向こうはホテルチェーンなんだ。仕方ないだろ。まあ、飲めよ」

しどろもどろになる秋田を庇い、響は佐宗にひやおろしを勧める。すかさず三葉がおちょこを佐宗に渡し、秋田が酒を注いだ。

佐宗はすねているようだったが、注がれた酒を飲んでぱっと顔付きを変えた。

「…美味しいね。これ」

「本当ですか？　よかったー」

飲食のプロでもある佐宗は味への評価が厳しく、確かなものだと知っているだけに、秋田は心底ほっとして胸を撫で下ろす。佐宗はおちょこを空にし、腕組みをして考える。

「うちへの納品、いつもより多めにして貰おうかな。また明日、確認して連絡する。出来るよね？」

「もちろんです」

　ありがとうございますと礼を言い、皆で頭を下げる。三葉が注いだおかわりを飲んだ佐宗は、真面目な顔で去年よりも絶対に美味いと断言した。

「何が違うんだろう…。俺は日本酒に詳しくないし、よく分からないけど、美味いと思う。毎年、ひやおろしは飲んでるけど…」

「佐宗さんにそこまで言って貰えると…なんか怖いけど、嬉しいです！」

　秋田は杜氏になって酒を造り始めてから、何度も佐宗に飲んで貰って来た。最初は飲んでくれるだけで感想はなかったし、おかわりもしなかった。

　それが「いいんじゃない？」と言われた時には感動したし、「美味いね」という褒め言葉に変わった時には、心から安堵した。

　佐宗は三葉が勧めるおかわりを、飲み過ぎるのが怖いと言いつつ受け、仕込みはいつから始まるのかと聞いた。

　江南酒造では米が収穫される秋から翌年の三月終わり頃まで、酒の仕込みを行う。九月に入って七洞川沿いに広がる田圃でも稲穂が色づき始めているが、それより早く、八月中に酒米の稲刈りは終わっていた。

　鵲瑞は鵲市周辺のみで栽培されている地元酒米「瑞の香」を原料としている。瑞の香は早生米で収穫時期が早い。

「酒米も収穫出来ましたし、このままいけば例年通り、十月頭くらいから始められると思います」

「三葉も稲刈り、手伝ったんです」

「三葉、大活躍だったよな！」

　栽培を委託している農家では人手不足…特に若手の…が深刻で、田植えや稲刈りなど、人手を要する農作業は皆で手伝いに行っている。三葉も一緒に行った稲刈りの話で盛り上がっていた時だ。

「海斗？」

　不意に高階の名が呼ばれ、全員が座敷の端に立っている男を見上げた。トイレから戻って来たところらしい若い男は、高階の顔を見て「やっぱり」と声を上げる。

　高階もまた、「小串？」と相手の名を呼んだ。

「久しぶり。…あ、同中だった友達で…」

　高階が響たちに紹介すると、声をかけて来た相手は「小串です」と名乗って小さく頭を下げた。それから座卓の角席に座っていた高階のそばに膝を突き、座敷の奥を指して、同じく中学の同級生だった友達と来ているのだと教える。

「あっちに隆平と真菜もいるんだよ」

小串が指した先を高階が振り返ると、二人が気づいて手を振って来た。高階は小さく手を上げて挨拶し、小串に三人でよく来るのかと聞く。

「いや。今日は偶々…隆平の就職が決まったお祝いなんだ」

「ああ、そうか。もう皆、就職なんだ？」

「うん。海斗は…」

「職場の皆さん」

テーブルの面々を見回して聞こうとした小串に、高階は先に説明する。塚越と三葉はともかく、既に三十代に突入している響、佐宗、秋田は友人というには歳が離れている。職場の飲み会なのだと聞いた小串は納得したように頷き、何の仕事をしてるのかと尋ねた。

「酒造会社だよ」

「しゅぞう？」

小串にとっては聞き慣れない言葉だったらしく、不思議そうに繰り返す。話を聞いていた響が言うより早いと一升瓶を持ち上げ、「これだ」と示した。卓上にあった新しいおちょこを取り、小串の前に置いて飲むように勧める。

「出たばかりのひやおろしなんだ」

「ひやおろし…って、日本酒ですか？」

「ああ」

「あ、すみません。俺、日本酒って無理なんです」

困ったように手を振り、酌を断る小串に、「そうか」と響は頷いて一升瓶を置いた。

飲酒は強要すべきではない。決して強引に勧めてはならないと分かっているものの、酒蔵で働く一同にとって「無理」という小串の反応は重いものだった。

特に秋田にとっては。

「無理…か」

次の仕込みを前にデリケートになっていたせいもある。日々、どうすれば多くの人に飲んで貰えるのかばかり考えているのである。それを頭から否定されたような気持ちになってしまったのも仕方のないことだった。

秋田は頭上にどんよりとした暗雲を浮かべ俯き、他の面々もそれに影響されて、その場が静まりかえった。雰囲気が変わったのに気づいた小串は、自分が悪かったのかと慌てた。

「ごめん、俺…」

「いやいや。ごめんなんてことないから」

謝る必要はないと高階が言うのを聞き、全員が小串を見る。小串が悪いわけではない。

違う違うと首を大きく横に振り、響が代表して、当たり前のように勧めた自分の方が悪いのだと詫(わ)びかけた時。

「海斗くん」

再び高階の名前が呼ばれた。先ほど、小串が一緒に来ていると高階に教えた元同級生の二人が、奥の席から移動して来ていた。

二人は小串の横に腰を下ろし、高階に久しぶりと挨拶してから、他の面々に自己紹介する。

「海斗くんと同じ中学だった山口(やまぐち)です」

「向井(むかい)です」

どういう集まりなのかと尋ねる山口に、高階は職場の集まりだと答えた。すると、向井が以前に別の友達から聞いた情報を口にする。

「そういえば、上坂(かみさか)が海斗は酒蔵に就職したって言ってたけど」

「ああ。そうだよ」

「海斗くん、お酒造ってるの？」

向井に頷く高階を見て、山口が驚いた顔で確認する。高階は自分は蔵人(くらびと)として仕込みに参加しているという程度で、造っているのは秋田だと紹介した。

「杜氏の秋田さん」

「えっ、こんな若い人が？」

　杜氏というのはもっと年配の人が務めているイメージがあったと山口は言い、驚いてしまって申し訳ないと詫びる。秋田はとんでもないと答え、もしかしてという期待を込めて、山口に尋ねた。

「杜氏とか分かるってことは…日本酒、飲めるんですか？」

「はい。大好きです！」

　山口の一言は落ち込んでいた一同を復活させる。三葉は素早く立ち上がり、おちょこと一升瓶を持って山口の後ろへ回った。「どうぞ」と脇から彼女におちょこを渡して、瓶の栓を抜く。

「よろしければこちらをお飲みになりませんか？　出来たばかりのひやおろしです。日本酒がお好きな方なら、お楽しみ頂けると思いますので、是非」

「ひやおろしですか？　頂きます！」

　ひやおろしとは何かと説明しなくても、山口は分かっているようで、喜んでおちょこを三葉に差し出す。三葉は一升瓶を傾け、おちょこにひやおろしを注いだ。

　それを一口飲んだ山口は、目を丸くして「美味しい！」と高い声を上げた。ドキドキしながら山口の様子を窺（うかが）っていた一同は胸を撫で下ろす。無理だと言われたばかりだけに、反応が気になっていた。

山口はおちょこに残っていた酒も飲んでしまってから、戸惑っているかのように、頬を押さえて感想を口にした。

「なに、これ…。すっごいとろっとしてて……口当たりがいいのに、さっぱりしてるわけじゃなくて…こくのあるフルーティさ……芳醇っていうのかな。いいものがぎゅっと詰まってる感じがする」

「おお。山口、本当に飲めるんだ」

興奮した様子で味を褒める山口はかなりの日本酒好きのようだ。自分より語彙力のある感想に感心する高階を、山口は真面目な顔で見据えた。

「え、待って。海斗くん、どこの酒蔵で働いてるの？　もしかして有名な酒蔵？」

「地元だよ」

「嘘。昔はいっぱいあったけど、全部潰れたって聞いたよ？」

歯に衣着せぬ物言いで高階に返した山口は、その場に集まっているのが職場の面々だというのを思い出して、咄嗟に口を押さえた。一度倒産しかけている江南酒造にとって、「全部潰れた」という言葉は重い。複雑そうな顔付きになる響たちに「すみません」と詫びて、空にしたおちょこを置く。

「あんまりにも美味しくて…こんなお酒を造れるような酒蔵が地元にあるなんて思わなかったんです。酒蔵がたくさんあったのは知ってたんですけど」

申し訳なさそうに言い訳する山口に、その後ろに控えていた三葉がおかわりを勧める。有り難そうに杯を受ける山口に、「潰れてはおりません」と言って、江南酒造の宣伝をした。

「江南酒造は鵲市に唯一残っている酒蔵なのです。杜氏の秋田さんが、響さんと塚越さんと高階さんと一緒にとても美味しいお酒を造っております。このひやおろし以外にも美味しいお酒がございますので、是非、よろしくお願い致します」

「はい。地元の癖に知らなくてすみません」

恐縮して頭を下げた山口は、おちょこに注がれたおかわりを嬉しそうに飲む。くいと傾けたおちょこの酒を飲み干して、「やっぱり美味しい！」と感動した。

「高級な美容液を飲んでるみたいです。あ、美容液は飲めないんですけど」

「そんなに美味しいの？」

山口が美味しいと繰り返すのを聞いていた向井が興味深げに尋ねる。山口は大きく頷いて、向井にも飲んでみるように勧めた。

「俺もいいですか？」

「もちろんです！」

お盆の上に置いてあるおちょこを塚越が取って、向井に渡す。三葉がお酌したひやおろしを飲んだ向井は、山口同様に驚いた顔で「美味いな」と呟いた。

「日本酒なんだけど、日本酒じゃないみたいだ。大吟醸とか、そういうのなんですか?」

向井は日本酒を飲めるけれど、山口に比べると知識はないようだった。美味しい日本酒と言えば大吟醸というステレオタイプな考えで尋ねる向井に、秋田が説明する。

「いや、これは大吟醸ではなくて、純米酒だよ。春先に搾って熟成させたもので…秋に出荷するこういうお酒はひやおろしと呼ばれてるんだ」

「そうなんだ。商品名かと思った」

響から勧められた時、不思議そうな顔だった小串が大きく頷く。日本酒にも色々種類があるんだなと呟き、美味しい美味しいと喜んで飲んでいる山口と向井をじっと見る。

それから、高階に小声で俺も一口だけ飲みたいと頼んだ。

「無理するなよ。体質とかあるし」

「うん。でも、気になるから」

味見だけでも…と言う小串に、塚越がおちょこを渡す。三葉は高階の指示もあって、ごく少量をおちょこに注いだ。

小串は匂いを嗅いでから、おちょこを口元にあてがう。ほんの少し、舐(な)める程度の量だったのに、小串はすぐに眉を顰(ひそ)めた。

その様子を見守っていた秋田は、「やっぱり」と落胆しかけたのだが。

「これ…日本酒?」

怪訝(けげん)そうに言い、小串は首を傾(かし)げる。自分が知ってる日本酒じゃないと言う小串に、佐宗が笑って指摘した。

「味の好みもあるだろうが、美味(うま)い日本酒を飲んだことがなかっただけなんじゃないか？」

日本酒に限ったことではないが、出会いというのは大切で、苦手だという思い込みが尾を引くケースは多い。最初に飲んだ日本酒との相性が悪く、一方的なイメージを持っていたのではないか。

そんな佐宗の指摘に小串は納得するところがあったようで、三葉にもう少し注いでくれないかと頼んだ。

「もちろんです」

「三葉ちゃん、少なめにね。飲みやすくてもアルコール度数は高いから」

飲み慣れていない小串にはきついかもしれないし、これでまた苦手意識を持たれても寂しい。秋田の指示に頷いて、三葉はおちょこに半分ほどの量を注ぐ。

小串は再度飲んで、「やっぱり美味しい」と呟いた。

そして。

「すごいな、海斗。お前、こんなの造ってるのか」

改めて高階を見て、しみじみと感心する。高階は思いがけない言葉に狼狽(うろた)え、自分が造っているわけではないと伝えた。

「造ってるのは秋田さんで、俺じゃないから。俺は…」

「何言ってんだよ。海斗がいないと出来ないよ」

ただ手伝っているだけだと言おうとした高階に、秋田が被せるように発言する。いやいや、秋田さんが。いやいや、海斗が。そんな風に互いを持ち上げ合う様子を見て、向井が「いいなあ」と呟く。

小さな声だったが、皆の耳に届き、一斉に向井へ視線が集まった。向井は慌てて、本音を漏らしてしまった理由を話す。

「なんか仲良さそうな職場でうらやましいなって…。俺、ようやく就職決まったんですけど、雰囲気厳しめなんですよね」

やっていけるかどうか不安なのだと言い、向井は小さく息を吐いた。向井の就職が決まったのを祝う集まりだと小串が話していたが、本人の顔色は冴えないものだった。山口と小串も心配そうに向井を見ている。

「うちは人数少ないからさ…」

向井を励まそうとして高階が口を開いたものの、彼の就職先がどういうものか分からないだけにそれ以上は言えなくて、黙ってしまう。高校を卒業してすぐに江南酒造に就職した高階は世間が狭かった。代わりに響が向井に話しかける。

「どんな職場だって、いい面もあれば悪い面もある。うちはこの通りアットホームだが、正直、経営は綱渡りだ。ボーナスだって出せていない」

出せていないと話す響を不思議そうに見る三人に、高階が響は蔵元代理なのだと教える。経営者側の人間なのだと知り、頷く三人に響は話を続けた。

「開き直るわけじゃないが、労働条件だって整ってないんだ。それでも皆が働いてくれるのは酒を造るっていう特殊な仕事だからだと思うが……特別にやりたいことがあるわけじゃなきゃ、誰だって週休二日で、残業がなくて、定期昇給してボーナスがあって福利厚生もしっかりしてて……潰れる心配もない、大企業の方がいいだろう？」

そういう企業を目指して就職活動をしたんじゃないかと聞く響に、向井は頷き、小串と山口も同意した。響はそれが普通だとされてるんだから、当然だと言う。

「大きな仕組みの中に組み込まれるっていうのは、しんどい場合もあるけど、楽な部分もある。向き不向きだ。不安があるのは分かるが、チャンスを貰えたなら試してみてから考えるってことも出来る。ただ、ひとつだけ。就職が決まったというのは居場所が用意されたっていうのとイコールではないってことを自覚しておいた方がいい。自分の居場所を作るにはそれなりの時間が必要だし、難儀する場合もあるけど、やってみなきゃ結果は出ない。やってみて無理なら無理でいいんだ。そっからまた考えれば。自分を活かせる場所が見つかるよう、願ってる」

笑みを浮かべて響はおちょこを掲げ、残っていた酒を飲み干す。空になったのを見て、一升瓶を持った三葉がすかさず移動し、おかわりを注いだ。それから。

「もう一杯、どうですか？」

向井にも酒を勧めると、彼は大きく頷いておちょこを差し出した。山口も差し出し、おかわりを求める。一緒になって飲もうとする小串は、高階がとめた。

「小串はもうやめとけよ」

「ちょこっとだけ」

すっかりひやおろしを気に入った小串はおかわりをねだる。美味い美味いと飲んでいたら一升瓶はあっという間に空になってしまう。もう一本持って来るんだったと響が悔やむのを聞き、急いで取りに行こうとする三葉を一同でとめた。


存分に飲み食いした宴会がお開きになると、所用があるという佐宗を店に残して、江南酒造一行は店を出た。秋田、塚越、高階は自宅まで徒歩で十五分から二十分程度だが、七洞川と圃場(ほじょう)を越えた向こうの山裾にある江南酒造までは一時間はかかる。

タクシーで…と当初は考えていたものの、駅前のタクシー乗り場に車はいなかった。呼ぶとなると隣駅から来るので時間を要する。響は歩いて帰ろうと三葉に提案した。

「大丈夫ですか？　飲んでますけど…」

「大した量じゃない」

平気だと言い、方角の違う秋田と塚越とは途中で別れた。響と三葉、高階の三人で歩き始めて、しばらくした頃だ。

「あ、しまった」

「どうしたんですか？」

響はデニムのポケットを叩き、スマホを店に忘れて来たと嘆く。取りに行って来るから、歩いててくれと三葉たちに頼んだ。

「一緒に戻りましょうか？」

「いや、すぐに追いつく」

腹ごなしだと言い、響は来た道を走って戻って行く。大した量は飲んでいないと言っていたが、持ち込んだひやおろしの一升瓶が空になった後は、ビールや日本酒を注文していた。あんなに走って大丈夫かなと首を傾げ、高階は周囲を見回す。

近くに座れそうな場所を見つけ、あそこで待っていようと三葉に提案した。

「響さんを余り走らせても気の毒だし」

「そうですね」

このまま歩き続けていたら、走って戻って来る響の負担が大きくなる。ここで待っていた方がいいと話す高階に三葉は頷き、フェンスを撤去したコンクリートの台座に二人で腰掛けた。

駅から少し離れただけですっかり寂しくなるのが田舎町の特徴だ。昼間はそれなりに駅へ向かう車が見られるけれど、夜も更けた今は一台も通りかからない。

響は店に着いただろうかと高階が考えていると、「よかったんですか？」と聞く三葉の声が届いた。

「何が？」

「お友達に誘われたのに」

先に帰って行った小串たちは、帰る前にカラオケに行かないかと高階を誘った。響たち皆が行って来たらどうかと勧めたのに、高階は断った。

遠慮したのではないかと響が心配していたのだと話す三葉に、高階は違うと言って首を横に振る。

「あいつらは夏休みだろうけど、俺は明日も仕事だし、遅くなっても厭だからさ」

「夏休み？」

不思議そうに聞き返す三葉が、学校を出ていないと話していたのを思い出す。高階は小串たち三人は大学四年生で、今は夏休みなのだと三葉に教えた。

「そうなんですか。高階さんは大学には行かなかったんですか？」

「ああ。俺は工業高校で、勉強も好きじゃなかったし。大学って何するところかも分からなくて、行っても仕方ないような気がしてさ」

「ほう……」

三葉は相槌を打つものの、話の内容をよく分かっていない気がした。自分以上に、大学というものが分かっていないに違いない。そう思うと、気が楽になった。

「親とか教師とか、大人ってさ。大学に行った方がいいって言うんだよ。推薦して貰えるのにもったいないとか、大学行った方がいい仕事に就けるとか、大きな会社に入れるとか、色々言われたんだけど、どうしてもピンと来なかったんだ」

「なるほど。それで、高階さんは江南酒造に？」

「うん。でもさ……」

それも消去法で選んだのだ。酒造りがやりたくてとか、興味があってとか、そういう理由からではなかった。

正直に言ってしまってもいいだろうか。一瞬、不安が過ったけれど、三葉ならネガティブな捉え方はしないと思い、本当のことを口にした。

「江南酒造に入りたかったわけじゃないんだ。他の就職先はほとんど工場で……部品とか作るより、お酒造る方がなんとなく楽しそうかなって。ものすごくぼんやりした理由だったんだよ。家から通えるってのもあった。工場は寮に入らなきゃいけないところが多くて、きつそうだったから」

　よりマシな方を選んで江南酒造に入社したのに、入ってすぐに倒産騒ぎが起きてしまった。あの時はマジかと焦った…と高階は顔を顰める。

「新入社員は俺だけだったから、結構呑気な感じで、最初は雑用をやるだけだったんだよ。発送作業とか、店舗の売り子とか。秋田さんと楓さんは製造の方にいたけど、俺はそっちを手伝うなんて思いもしなかった。けど、なんか会社がやばいらしいって噂が立って、社長がいなくなって…そっからは早かったな。皆、辞めていって…」

「高階さんはどうして辞めなかったんですか？」

　かつては大勢の社員がいたという江南酒造で今残っているのは、秋田と塚越、高階の三人だけだ。入社したばかりだった高階が辞めなかったのは何故か。

　三葉からストレートに聞かれ、高階は苦笑する。

「親にも、高校の時の担任からも、辞めて再就職したらって言われた。このままいたって潰れるのは時間の問題だろうから、やり直すのは早い方がいいって。…でも…なんでだろうな。自分でどうしたらいいのか分からなかったのもあるし、…秋田さんがいたからかな」

　自分の面倒を見てくれていた先輩社員が辞めてしまい、何をしたらいいのか分からなくて困っていたところ、秋田に声をかけられた。辞めるつもりがないなら、製造部を手伝ってくれないかと言われ、塚越と一緒に秋田を補佐することになった。

「俺、身体動かすのは嫌いじゃないし、楽しかったんだよね。中浦さんがしてるみたいな仕事を手伝えって言われてたなら逃げ出してたかもしれないんだけど」

「分かります。三葉もああいうのは苦手です」

「だよね。俺が手伝い始めた時にはまだ前の杜氏だった木屋さんがいたんだけど、それからすぐに倒れちゃって。秋田さんが杜氏になって…秋からは三人で仕込みをやるって話で、それって大丈夫なのかなって…思ってたら、響さんが帰って来たんだ」

同じ頃、中浦も銀行を辞めて江南酒造に入り、立て直しに協力することになった。今の体制が出来上がり、初めて仕込みを経験した高階はすごく大変だったけれど、やっぱり辞めようとは思わなかったと言う。

「秋田さんに言われたことをやるだけだったけど、楽しかったんだ」

「ふふ」

「なに？」

三葉が笑ったのが気になって、高階は不思議そうに隣を見る。

「高階さん、さっきも楽しかったって言いましたから。お酒造りは本当に楽しいんだなって思ったんです」

同じ言葉を繰り返していた意識はなく、「そっか」と照れ笑いする。耳の後ろを人差し指で掻いてから、三葉にもうすぐ分かるはずだと言った。

「次の仕込みが始まったら、三葉ちゃんもきっとそう思うよ」

「楽しみです」

にっこり笑う三葉に釣られ、高階も笑みを浮かべる。そろそろ響が戻って来てもいい頃だと思って駅の方を見たが、まだその姿はない。スマホを捜してるのかなと話しながら、高階は飲み物を買おうと自販機を指した。

座っていたコンクリートの台座の数メートル先に自販機があった。三葉を促して立ち上がり、その前に移動する。

「喉渇いた。三葉ちゃん、何がいい？」

「何でもいいです」

「あ、これ当たり付きの自販機だ」

「当たり付きとは？」

どういう意味なのかと尋ねる三葉に、高階は自販機の仕組みを教える。一本買ったらルーレットが回り、当たったらもう一本貰えるのだと聞いた三葉は、「ほう」と相槌を打った。

「当たるといいな」

「高階さんは当たると嬉しいのですか？」

「そりゃもちろん」

頷く高階に、三葉は「分かりました」と返し、自販機に向かっておまじないを唱えた。目を瞑り、ぶつぶつ呟いた後、高階を見て言う。

「これで当たります！」

「え…？」

相手は三葉だ。何言ってんだよ…と突っ込むのも憚られて、高階は困惑しつつ、小銭を自販機へ入れる。先に自分の分を買おうと思い、冷茶のボタンを押した。

ガタンと音を立てて飲み物が落ちると同時に、小銭の投入口近くにある表示板に四桁の数字が表示される。それが全部同じ数になれば当たりなのだ。

「俺、結構買ってるけど、今まで当たったことなくて…」

と言いながら、表示板を見た高階は思いきり目を見開いた。赤く光っている数字は「7777」。当たりのぞろ目だ。

「え…え…えーっ⁉」

「当たりましたか？」

「うん、いや、あっ…まずい！」

尋ねる三葉に頷きつつ、高階は慌てる。一定時間内に欲しい商品のボタンを押さないと当たりは無効になってしまう。表示板の下にも注意事項として、点滅しているボタンを三十秒以内に押すように書かれていた。

「どうしよ…どれに…いや、うん、どれでもいい！」

焦りまくった高階は何も見ずにボタンを押した。結果。

「……」

出て来たのは冷たいコーンスープで、缶を持って沈黙する。さっきまで当たったのを喜んでいた高階が、一転、表情を曇らせているのを見て、三葉は心配した。

「高階さん？　当たらなかったんですか？」

自販機の仕組みがよく分かっていない三葉に聞かれ、高階は首を横に振って否定した。いや、当たった。確かに当たったのだが、その後がいけなかった。

「当たったよ。ほら。冷たいお茶を買って、もう一本…冷たいコーンスープが…」

同じお茶のボタンを押せていたら、三葉にそれをあげて、当たってよかったと素直に喜べたのだが。

冷たいコーンスープをあげるのはどうかと思われるし、自分も飲む気になれない。高階は再度財布から小銭を取り出した。

「三葉ちゃんもお茶がいいよね」

「当たったやつでもいいですよ」

「いやいや」

さすがにこれは。乾いた笑みで言い、高階は小銭を入れてボタンを押す。

すると。

「……!?」

またしても表示板の数字が揃った。今度は999と表示されており、高階は「マジ!?」と大きな声で叫んだ。

「え…待てって、そんな…続けて当たるとか…」

「当たりますよ。三葉がおまじないしましたから」

「いやいや」

そんなはずはないと否定している内に、またしても時間切れになりそうになった高階は。

「…どうして…同じボタンを…」

押してしまったのかと後悔しても遅く。冷たいコーンスープ二本を手に持って途方に暮れていると、響の声が聞こえて来た。

「おーい。待っててくれたのか」

「響さん！」

「響さん、スマホ、ありましたか？」

走って来た響は「ああ」と返事して手に持っていたスマホを翳す。自販機の前に立っていた二人が、それぞれの手に飲み物を持っているのを見て、四本も買ったのかと怪訝そうに聞いた。

「違います。これは当たったやつで…」

「二本も当たったのか。すごいな。俺に一本くれ」

何気なく言ったものの、高階が握っている二本が冷たいコーンスープであるのを見て、響は前言を撤回する。それはちょっと…と引き気味に笑い、自分で買うと言って小銭を入れた。

「響さん。当たったらすぐにボタンを押さないといけないんですよ」

「そんな連続して当たるものか」

もう二本も当たってるんだろ？と肩を竦めて、響はミネラルウォーターのボタンを押す。すると、今度は６６６という数字が表示された。

「ほら、当たったじゃないですか！」

「うわ、マジかよ！ え、待て、どれにしよう…何がいいかな…」

「響さん、早くしないと！ 三十秒たっちゃいます」

「えぇーい…！」

何でもいいと、響は力任せにボタンを押した。ゴトン。鈍い音を立てて出て来たのは、またしても冷たいコーンスープだった。

三本揃った冷たいコーンスープは高階がまとめて引き取り、響と三葉は冷茶と水を飲みながら、江南酒造までの道を歩いて帰った。翌日、響と高階が軽トラの荷台一杯に積んだひやおろしの配達に出かけた後、三葉は発送予定の商品を箱詰めする作業を手伝ってくれと塚越に呼ばれた。

「毎日、悪いな。秋田さんは業者の人と一緒に修理してるからさ」

「とんでもないです。三葉で出来ることならなんでも致します。今日は何を修理してるんですか？」

江南酒造では間もなく次の仕込みが始まる。その為に、各工程で使用する機械類や道具の点検、修理が毎日行われている。

何を直しているのかと聞く三葉に、塚越は米を蒸す時に使う和釜だと答えた。

「古い道具が多いからさ。いざって時に壊れたら困るだろ」

資金があれば買い直せるが、江南酒造にはまだ多額の負債が残っている。致命傷になる前に直しておくのが大事なのだと、真面目な顔で話す塚越に三葉はうんうんと頷いた。

「昨日みたいに三葉は箱を組み立ててくれ。あたしが詰める」

「了解です」

「手袋使えよ。段ボールって結構切れるから」

怪我に気をつけるように言い、塚越は新しい段ボールを作業場に運び入れる。用意してあるひやおろしの四合瓶を、三葉が組み立てた段ボール箱に入れていき、上面をガムテープで留めてパレットに積む。

連係プレーで作業しながら、塚越は三葉に昨夜は無事に帰れたのかと尋ねた。

「はい。一時間かかりませんでした」

「でも、一時間近くはかかったんだろ。タクった方がよかったって」

「歩くのも楽しかったです。そうだ。楓さんは冷たいコーンスープはお好きですか？」

「は？」

突然、三葉が向けて来た質問の意図が分からず、塚越は眉を顰めて聞き返す。なんでコーンスープなんだと訝しむ塚越に、三葉は自販機での経緯を説明した。

高階も響も当たりが出たのに焦って適当なボタンを押した結果、冷たいコーンスープが出て来たのだ。

「お二人とも、嬉しそうじゃなくて」

「そりゃそうだろ」

「そういうものですか？」

「冷たいコーンスープだろ？　そんなの出て来たら、当たりじゃなくてハズレだね」

「ええっ!?」

無料で追加の商品が出て来たのに、それがハズレだというのは…。三葉は困惑した表情を浮かべ、腕組みをする。

「そうなのですか…。しかし…当たりなら出せますけど、その先の…どこのボタンを押すかまでは…三葉にはどうしようも…」

「何ブツブツ言ってんだよ」

「いえ…。難しいものだと思いまして」

いいこともいいことでなくなってしまうとは。深い…と呟く三葉を不思議そうに見て、塚越は「冬の寒い日の、温かいコーンスープ」であるならば当たりだと付け加えた。三葉は困ってしまい、頭を抱える。

「夏の冷たいコーンスープはハズレで、冬の温かいコーンスープは当たりなんですか⁉どうして…同じものなのに違うんですか？」

「だって、お前、冬にかき氷食って、美味(うま)いと思うか？」

「はっ…！」

「美味いには美味いだろうけど、やっぱ夏のあっつい日に食ってこそ、かき氷は美味く感じるもんだろ。それと同じだよ」

「なるほど…」

なんとなく分かりましたと頷き、三葉は塚越に尊敬のまなざしを向ける。それから、

「楓さんは」と別の質問を続けた。

「大学に行きましたか？」

「はあ？」

三葉の問いかけは塚越にとって珍妙なもので、両手に四合瓶を持ったまま、思い切り首を傾げた。

相手が三葉でなければ、新手の厭みかと疑ったところだが、三葉だからそんなはずはない。塚越はどうしてそんなことを聞くのかと尋ね返した。

「昨夜、高階さんのお友達と会ったでしょう。お友達は大学生だけど、高階さんは大学に行かなかったって聞いたので、楓さんは行ったのかなと思ったんです」

あー…と声を上げ、塚越は頭を縦に揺らす。三葉は店を出た後、高階としばらく一緒に歩いていたはずだから、その時に話が出たのだろうと推測しながら、「行ってないよ」と答えた。

「大学どころか、高校も中退してる」

「ちゅうたい？」

「途中でやめたってことだよ」

四合瓶を入れる為の段ボール箱には仕切りがあって、六本の瓶が入れられるようになっている。二本ずつ持った瓶を三回入れて、上面を閉じ、ガムテープで留める。次の箱を塚越の前に用意しながら、三葉は以前に聞いた話を口にした。

「楓さんは居酒屋さんで働いていて転職したと言ってましたけど…」

「ああ。高校やめてから色んなバイトして…居酒屋で働いてた時に江南酒造が従業員募集してるの見て、応募したんだ。あたしは高校中退してるし、金髪だし、無理だろうなって思ってたんだけど、奥さんがさ、入れてくれたんだ」

「奥様が…？」

塚越が入社した当時、江南酒造の社長は響の兄、環が務めていた。面接に訪れた塚越に、環も人事採用を担当していた社員も歓迎しがたい態度で接したが、偶々通りかかった聡子が口添えをしたのだと言う。

「こんな若い子が働いてくれるなんて嬉しいって…そんな感じのことを言ってくれてさ。経歴とか外見とか、全然関係ないみたいで…それで社長たちもまあいいかって感じになって」

雇って貰えたのだという話を聞き、三葉は大きく頷く。聡子は自分のことも置いてくれた。奥様はお優しいですから…と納得する三葉に、塚越は同意する。

「奥さんには恩があるんだよね。あの時、奥さんがいなかったら、ここで働けてなかったかもしれないし」

「楓さんが辞めなかったのは、奥様に恩があるからなのですか？」

江南酒造は一度潰れかけて、その際に社員のほとんどが辞めてしまっている。それでも塚越が残ったのは聡子の為なのか。

高階は秋田がいたからだと言った。塚越は聡子がいたから？

三葉に尋ねられた塚越はそれもあると認めつつ、当時の心境を話した。

「会社がなくなっちゃったら仕方ないなと思ってたけど、自分から辞めるっていう考えはなかったな。ようやく色々やらせて貰えるようになった頃だったから。…前の杜氏（とうじ）だった木屋さんと秋田さんはそうでもなかったんだけど、それ以外の蔵人（くらびと）さんたちは、あたしが手伝うのをよく思ってくれなかったんだよ。…女だし、金髪だし」

箱をパレットに積み上げ、塚越は後ろで括（くく）った金髪を持ち上げてみせる。

かつて、酒造りの現場は伝統的に男性が中心だった。今でも杜氏を務める女性の割合は低い。性別に偏見が残る業界で、特徴的な外見は新たな偏見を呼び起こす。

「楓さんの金髪は素敵ですよ」

それがどうしてよく思われない理由になるのか、本気で分からない様子の三葉に、塚越はにやりと笑って「だろ？」と自慢した。

「けど、よく思わない奴もいるんだって」

「そうなのですか…」

「江南酒造に入ってすぐの頃は、温泉街でやってたうちのカフェとかで働いたりしてたんだけど、酒造ってるの見て、自分もやってみたいと思って頼んだんだ。人手が足りてなかったのもあって、雑用だけって話で手伝うようになって…で、秋田さんに色々教えて貰って、皆がどんな風に働いてるのか見て覚えて…ちょっとでも手伝えそうだったら走って行ってさ、やらして下さいって頼んで」

必死だった自分を思い出したのか、塚越は笑って肩を竦めた。そうやって小さな努力を積み上げて覚えた仕事を自分で終わらせたくなかったと、続ける。

「…会社がやばいってなったのは、ちょうど仕込みが終わった頃で、次の仕込みがあるかどうかも分からないから、新しいところで働くって言って皆が辞めていった。製造部で残ったのは木屋さんと秋田さんだけで、その木屋さんも倒れて…秋田さんとあたしと…入ったばっかの高階だけになってさ。さすがに無理かなと思ったところへ」

「響さんが？」

帰って来たのかと確認する三葉に、塚越はうんうんと頷く。

「響さんって、特に役立つってわけじゃないんだけど、いるだけで雰囲気変えてくれるところあるじゃん」

「分かります」

「それに、秋田さんが諦めてなかったからさ。秋田さんは本当に大変だったと思うよ。素人の高階と響さんと、あたしとの四人で、何が出来るかっていうところから考えなきゃいけなかったんだから」

秋田がいなかったら廃業していたという話は聡子もしていた。秋田さんはすごいですね。そう呟く三葉に、塚越は頷き、瓶を詰めた箱を閉じた。

「でもさ。お前、仕込みの時の秋田さん、知らないだろ？」

びびるぞ…と言われ、三葉は顔を曇らせる。塚越がどういう意味で言っているのか分からず、不安な表情を浮かべる三葉を、塚越はにやりと笑って脅す。

「鬼になるんだ」

「…お、に…」

そんな。秋田はいつだって優しくて親切で、「三葉ちゃん」と笑顔で手招いて、お酒を飲ませてくれて美味しいつまみも教えてくれるのに。説明が長いのが玉に瑕だけど…。

あの秋田が鬼になるなんて。

「そんなはずはありません。秋田さんが鬼なんて…！」

「ふん。もうすぐ分かるよ」

蔵入りはもう目の前だ。シニカルに唇を歪めて言い、塚越は箱を積み上げたパレットを眺める。これで一度運ぶから、フォークリフトを持って来ると言い、作業場の外へ出て行った。

間もなくして、フォークリフトに乗って戻って来た塚越は、一旦、エンジンを切って三葉に「ほら」とアイスを渡した。

「暑いから休み休みやろうぜ」

塚越からアイスを受け取った三葉は「ありがとうございます」と礼を言って、手袋を外す。置いてあるパレットに塚越と並んで腰掛け、アイスの包みを剝いた。

バニラアイスを食べようとした三葉の横で、塚越は「当たるかな」と呟く。

「…当たる、とは？」

「ん？　これ、当たり付きのアイスだから」

当たったら嬉しいなと思って。塚越からそう聞いた三葉は、満面の笑みを浮かべて「お任せ下さい」と胸を叩く。

当たるおまじないをかけますね。そう言ってぶつぶつ唱える三葉を、塚越は相手にせず、溶けるから早く食えよと促した。

「……これで当たります」

「何言ってんだか」

「…あっ！」

「今度はなんだよ？」

満足げに言い切った三葉だったが、昨夜の失敗を思い出して声を上げた。まさか、これも…当てるだけでは駄目とか…？

「アイスも…当たったらボタンを押さなきゃいけないのでしょうか？」

「はあ？　ボタンって…自販機と違うって。これは棒に『あたり』って書いてあったら、もう一本貰えるんだよ」

ハズレだったら何も書いてない。食べたら分かると言い、塚越はむしゃむしゃアイスを齧る。

長方形の細長いアイスを半分ほど食べたところで、「あ」が見えることに気がついた。

「…あっ」

声を上げた塚越は棒に書かれている文字が読めるように急いで残りのアイスを食べてしまう。露わになった「あたり」の三文字に、「やったー！」と叫んだ。

「三葉、見ろよ。あたりだって。マジか。あたりなんて、出たの、小学生以来だぞ」

「だから、言ったじゃないですか。当たりますって」

「何言ってんだ。偶然だろ」

おまじないなんかで当たるわけがないとうさんくさげに言い、棒を光に当てるようにして翳す。にまにま笑う塚越は本当に嬉しそうだ。

そんな塚越を三葉は満足げに見て、もう一本というのは何処で貰えるのかと聞いた。

「買った店に持って行くと貰えるんだ」

「じゃ、お店に行かなきゃいけませんね」

「いや。もったいないから換えない」

「え？」

あたりの棒を持って行けばアイスが貰える。なのに、もったいないというのはどういう意味なのか。

三葉は頭が混乱し、アイスを握ったまま考え込む。

「早く食えよ。溶けるぞ」

「あたりなのにアイスに換えなかったら、そっちの方がもったいないんじゃないですか？」

無料でアイスを貰えるというのが「あたり」である特権だ。その権利を行使しないのなら「あたり」が出ても意味はない。塚越の言った意味がどうしても理解出来ず、三葉は真面目な顔で尋ねる。

正論でもある三葉の問いに、塚越はあたりの棒を指先で持ってひらひら動かしながら、独自の考えを主張した。

「あたりが出るなんて滅多にないから、これはお守りにする」

「お守り…」

「あ、ほら見ろ。早く食べないから垂れて来てるじゃないか」

塚越が指摘する通り、溶け出したアイスが棒を伝って三葉の指を濡らしていた。三葉は慌ててアイスを口に含んで、柔らかくなったそれをはぐはぐ飲み込む。手を洗って来いと言われて頷いてから、フォークリフトへ戻ろうとする塚越を「楓さん」と呼び止めた。

「ん？」

「楓さんは楽しかったですか？」

「何が？」

「お酒造り」

唐突な問いかけだったが、塚越にとっては答えが決まっていたのですぐに頷いた。

「けど、『楽しかった』じゃない」

「？」

「楽しい、だ」

今も、これからも。楽しいに決まってる。親指でグーサインを出して不敵に笑い、塚越はフォークリフトのエンジンをかける。段ボール箱を載せたパレットにフォークを差し込んで持ち上げ、出荷用の倉庫へ運んで行く姿を、三葉はにこにこ笑って眺めていた。

三葉が聡子と共に作り始めた昼食は、江南酒造の皆が毎日の楽しみにしている。

おかずと小鉢、ご飯に味噌汁（みそしる）というシンプルな構成の時もあれば、メインが麺だったりカレーだったり丼物だったりもする。学校の給食並にバラエティ豊かな献立は、料理上手な三葉と、経験豊富な聡子の腕があってこその賜物だ。

十二時になると腹を空かせた一同が母屋の座敷に集合する。その席で午前中の業務内容、午後からの予定などを話し合うことが出来るのも利点である。

その昼食を秋田がいらないと言ってる…と母屋に顔を出した中浦から聞いた三葉は衝撃を受けた。

「あ、秋田さんが…ご飯食べないなんて…！　どっか悪いんですか？　大丈夫ですか？　病気ですか？」

「いえ。単に忙しいだけです」

「ご飯が食べられないほど、忙しいんですか⁉」

そっちの方が信じられないと、三葉は顔を青くした。

三葉がやって来たのは六月で、梅酒の仕込みはあったけれど、酒蔵の繁忙期を経験していない。中浦はうっすら笑みを浮かべ、これからはよくあることなんだが…と内心で思いつつ、秋田が多忙な理由を答える。

「昨日までに精米所へ出さなくてはいけない書類があったのですが、まだ出来てないそうなんです。午後一番まで待って貰えるらしく、必死でやってました」

「書類…ですか」

そんなに忙しいのなら手伝いに行ってくる…と張り切りかけていた三葉は、書類と聞いて沈黙する。三葉には手も足も出ない仕事だ。

「昼過ぎに食べに来るかもしれませんので、その時はよろしくお願いします」

「もちろんです。もう用意は出来てますので、座敷へどうぞ。響さんたちももうすぐ来られるかと思います」

三葉は中浦と共に座敷へ行き、秋田の昼食の用意を台所へ下げた。その途中、響と塚越、高階の三人が揃って現れたので、急いで人数分の味噌汁を用意して座敷へ運ぶ。

「今日はコロッケとマカロニサラダです。お味噌汁は冬瓜です」

長手盆に載せた味噌汁の椀とご飯茶碗をそれぞれの席へ配る。席についた響たちは早速箸を取った。

メインのおかずであるコロッケが載った皿にはマカロニサラダとキャベツの千切りが付け合わせで添えられている。小鉢にはキクラゲと春雨の和え物。その横にはくし切りにした梨を並べた大ぶりの浅鉢がある。きゅうりとなすの浅漬けは大皿に盛って座卓の中央に。

「コロッケだ！　美味そう」

「…うっま！　さっくさっくだな」

ゴルフボールくらいの小ぶりなコロッケを、響は一口で頬張って飲み込んでから、

「ん？」と首を傾げた。じゃがいものコロッケだと思い込んで食べたけれど。

「じゃがいも…じゃないよな…？」

「はい」

首を傾げた響に、三葉はにっこり笑って頷き、何か分かるかと尋ねる。響は考え込み、二人のやりとりを聞いていた高階と塚越が、自分たちも謎解きに参加しようと、コロッケに箸をのばした。

「…ん…、じゃがいもではないですね」

「…これ、あれだ…ええと、あれ…」

思いついたのに名前が出て来ないと塚越は苦しむ。その前で、二個目のコロッケを口に放り込んだ響は、もぐもぐと食べてから「里芋か？」と三葉に確認した。

「正解です！」

「そうだ！　里芋！」

「そっか～。だから、ねっとり感があるんだね」

答えが分かってすっきりしたと三人は揃ってコロッケを食べて、美味しいと褒める。様子を見ていた中浦もコロッケを食べ、「美味しいですね」と目を丸くした。

「里芋ってコロッケにしてもいいんですね。煮物のイメージしかありませんでした」

「じゃがいもとは違うほくほく感があるし、混ざってる肉も美味しいよ」

「脂多めの牛こま肉をすき焼き風の甘辛味に炊いたものを混ぜ込んでるんです。里芋と牛肉はあうんですよ」

「うま…。里芋特有の粘りもあって、腹持ちしそう」

「衣のパン粉が細かいやつだから外側がサクサクで、中身は柔らかほくほくで、牛肉の存在感もいい感じで…これ、美味(うま)いな。三葉」

「ありがとうございます！」

四人から一斉に褒められた三葉の頬は緩みっぱなしだ。里芋を茹(ゆ)でてから潰し、牛こまを混ぜ込むと、ねとねとして丸めるのにちょっと手間がかかる。それでも、こうして皆が喜んでくれると、小さな苦労など吹き飛んでしまう。

三葉はおかわりもあるのでたくさん食べて下さい…と勧め、付け合わせの千切りキャベツにかけるソースを皆の取りやすい位置に置いた。

「響さん、コロッケにソースかけなくていいんですって。十分、味しますよ」

「かけてないぞ。ソースかけたキャベツと一緒に食ってるんだ」

「マカロニにちょっとソースが絡むのもいいなあ」

「分かる。マヨにソースって、最強だよな」

九月に入っても日中はまだ暑いが、障子を開け放った座敷には心地よい風が吹き抜ける。

それでも旺盛に食べている響たちは暑かろうと、三葉は部屋の両端に置かれている扇風機の位置を調整する。

遅れて聡子が台所からやって来ると、一緒に座って食事を始めた。

「あら。秋田くんは？」

「精米所へ出す依頼書がまだ出来てないみたいなんだ。事務所で頑張ってる」

「依頼書って、昨日までとか言ってませんでしたか？」

「午後一番まで待って貰えることになったようです」

中浦の話を聞いた聡子は心配そうに顔を曇らせる。

「ご飯にも来ないなんて…また秋田くんの悪い癖が出始めてるのね」

「悪い癖というのは？」

どういう意味かと尋ねる三葉に、聡子は繁忙期になると秋田は寝食をそっちのけにし始めるのだと説明した。

杜氏（とうじ）となってからは特にで、倒れてしまわないように気をつけて見張っていなきゃいけないと言う聡子に、響も同意する。

「仕込みに入ると益々（ますます）ひどくなるからな」

何がどうひどいのかは、まだ見ていない三葉には分からなかったが、塚越から聞いた言葉が思い出された。

鬼になるんだ。三葉を脅すように言って、塚越は笑ったけれど。

やはり秋田は鬼に変身するのだろうか…。恐ろしく思う三葉に、聡子は頼み事をした。

「三葉ちゃん。お昼食べたら、お弁当を作って、秋田くんのところへ持って行ってくれる？　お昼に出していたのを詰めるだけでいいから」

「承知致しました」

中浦は昼過ぎに来るかもしれないと言っていたが、お弁当を持って行けば秋田が母屋まで来る手間が省ける。三葉は大きく頷き、昼食を早めに終えて、台所へ戻った。

弁当箱を用意し、ご飯を詰めて、秋田用に取ってあった昼食の皿から、コロッケや付け合わせのマカロニサラダを入れる。春雨の和え物や浅漬けも添えて、くし切りにしたデザートの梨は別の容器に入れた。

それを持って母屋を出ると、軒下の日陰を歩いて、事務所へ向かう。

三百年以上の歴史を持つ江南酒造の敷地は広い。山裾に沿うような細長い形の土地に、幾つかの建物が建ち並んでいる。

製造を行う仕込み蔵を中心に、瓶詰めや発送を行う作業場が続き、その奥に貯蔵蔵と今は使っていない古い東蔵がある。更にトラックも乗り入れられる広い中庭を挟んで、事務所や直営店舗、仕込みの時期に職人が泊まり込む為の宿泊設備を備えた棟がある。

弁当を抱えた三葉は、事務所への入り口であるアルミサッシの戸を開けて、「秋田さん！」と呼びかけた。

「……？」

けれど、返事はなく、その姿も見えない。中に入って再度「秋田さん？」と呼ぶと、ガタンと物音がする。

机の陰から顔を出した秋田は、「三葉ちゃん？」と不思議そうに返した。

「どうした？」

「秋田さんこそ…何してるんですか？」

どうも秋田は床に屈(かが)んでいたようだ。捜し物でもしているのかと思い、近付いて行くと、床の上に正座しているのが分かって、三葉は首を傾げる。

どうして秋田は床に？　じっと見る三葉の前で、秋田は照れたように頭を掻(か)いた。

「こうしてると集中出来るんだ。なんだい？　何か用でも…」

「そうなんですか。奥様から仰せ付かってお弁当を持って参りました」

「えっ、ありがとう！　もう終わるから」

後で食べるので置いていってくれと言う秋田に、三葉は頷きつつ、床の上に置かれている用紙を見る。

あれが午後一番までに出さなくてはいけないという書類だろうか。周囲にはファイルや、他の書類、計算機や赤ペンなどが散らばっている。

それらに囲まれて正座した秋田は、上半身を折り曲げて、書類に数字を記入していく。

「…秋田さん。机で書いた方が…」

「うん。そうだよね。分かってるんだけど…」

こっちの方が…と言いながら、たくさんの数字が書かれている別の用紙を参考にして、秋田は書類の空欄を埋める。三葉が見ている前で、記入を済ませて確認した後、「出来た！」と声を上げた。

「出来たのですか⁉　おめでとうございます！」

「ありがとう、三葉ちゃん！」

「ところで、秋田さんは何を書いてらしたのですか？」

中浦は精米所がどうとか言っていたが、詳しいことは聞いていなかった。三葉に尋ねられた秋田は、完成したばかりの用紙を感慨深げに持って、「これは」と説明する。

「原料を精米して貰ってる精米所に、どれくらいに精米した米を、どれだけ、いつ、納品して貰うかの発注書だよ」

日本酒の原材料である酒米は、造る酒の種類によって磨く割合が変わる。自前の精米機を持つ蔵もあるが、江南酒造では専門の精米所に加工を依頼している。

間もなく仕込みが始まるこの時期。杜氏である秋田はどれくらいに磨いたものが、いつ、どれだけ必要なのかを、精米所に知らせなくてはいけない。

「最初に納入される分の発注は終わってたんだけど、その後が決まらなくて…」

「どれくらい…というのは、大吟醸だと五十パーセント以下とか、吟醸だと六十パーセント以下とか、そういうやつですね？」

「そうそう。いつも食べてる白米だと九分づきくらいだけど、お酒はそれよりもたくさん削ることが多くて、専用の精米機が必要なんだ。うちは持ってないから、精米所に依頼してるんだよ」

「玄米でお酒は造れないんですか？」

「いや、造れるよ。実際に造ってる酒蔵さんもあるし。ただ、難しい。どうしても雑味が出るし、香りもね」

三葉の質問に答え、秋田は正座で痺(しび)れた脚をさすりながら立ち上がる。あとはこれをファックスすれば…と言い、窓際に置かれた電話機の前に立って、ファックスを送る為に用紙をセットする。

珍しげに見物する三葉に、苦笑しながら電話番号を押した。

「今時ファックスなんて珍しいよね。メールの方が便利だと思うんだけどファックスにしてくれって言われてるんだよ」

「あの…」

「ん？」

「ファックスって何ですか？」

素朴な質問をされ、秋田は「ええと」と戸惑う。当たり前に捉えているシステムを、どういう仕組みなのか説明するのは、ことのほか難しい。

「この紙に書いた内容が…そのまま、電話で伝わるというか…。電話じゃないか。電波…？　いや、なんて言えばいいのかな」

「メールというのはあれですよね。響さんや皆さんが持ってるスマホで出来るやつですよね？　声じゃなくて、文字を送れる…」

「そうそう。ファックスは紙なんだよ」

「ほう…」

三葉は頷いたものの、分かっているようには見えなかった。その間に相手先と電話が繋がり、セットしてあった書類の内容を読み込む為に機械が動き始める。ウィーンと音を立てて動き、紙を吸い込んでいく電話機を、三葉はしげしげと観察していた。

ピピピと音を立て、ファックスを送信したというアナウンスが流れる。これでよし。秋田はほっと息を吐いて、送った書類と床の上に広げていたファイルなどを一緒に、自分の机へ片付けた。

「よかった。間に合って…」

「お疲れ様でした。秋田さん、さ、お弁当を」

お腹が空いたでしょう…と言う三葉に頷き、秋田は促されるまま休憩用の長椅子に座る。

三葉は長椅子の前にあるローテーブルに弁当箱と箸を置き、お茶を入れますと言って冷蔵庫へ向かった。

「あ、コロッケだ。美味しそう～。わざわざごめん」

「いえ。用意していたものを詰めただけなのです。奥様が心配されて…秋田さんの悪い癖が出始めたと」

秋田としても聡子に心配をかけるのは本意ではないのだが、何よりも仕事を優先させてしまうのは確かに悪い癖だ。麦茶を入れたグラスを運んで来た三葉に、「ありがとう」と礼を言ってコロッケを頬張った。

「ん…なんだろ。これ、じゃがいもじゃないよね？　…あ、里芋だ」

「そうです。よくお分かりで」

「うん。俺、里芋好きだから。美味しいよ。三葉ちゃん」

「よかったです。ゆっくり召し上がって下さい」

そう勧めながら、三葉は秋田をじっと見る。その顔付きが何か聞きたそうなものに思えて、秋田は困った気分になった。

ファックスの説明に納得がいっていないのだろうか。自分もどうして文字が送れるのかはよく分かっていない。メールも同じだけれど。

「もしかして…ファックス？」

「ファックス…いえ。そうではなくて…楓さんが…」

「楓ちゃん？」

「秋田さんは仕込みに入ると、鬼になると…仰るのです。でも、三葉には信じられなくて。秋田さんが鬼なんて」

今も里芋コロッケが美味しいと喜んでいる秋田に、鬼の片鱗は見られない。塚越は言い間違えたのかもしれない。後で確認してみると続けた三葉に、秋田は引きつり笑いを浮かべて、首を横に振った。

「いやいや、三葉ちゃん。たぶん、言い間違いじゃないから」

「えっ…では、本当に鬼に…」

「鬼ってのは心外だけど…そう見えるのかなあ。見えてるのかもなあ」

ううん…と唸って、秋田は浅漬けのきゅうりをばりばりかみ砕く。否定しない秋田にショックを受けた三葉は「秋田さんが鬼に…？」と呟いて瞳を潤ませた。

純粋な三葉が本気にしている雰囲気を感じた秋田は、慌てて言い換える。

「鬼っていうか、鬼みたいになるってことだよ。仕込みに入るとどうしても余裕がなくなって…当たりがきつくなってる自覚はあったんだ。反省する」

「余裕がない…というのは、忙しくてということですか」

「そうだね。考えなきゃいけないことが尽きなくて、仕事もエンドレスで…楓ちゃんたちに不満があるとか、怒ってるとか、そういうわけじゃないんだよ。でも、口を開くのも億劫(おっくう)になって来て、無言であれこれ指示するとか、そういうのをやらかしちゃうんだ。うわー。なんか色々心当たりがわんさか蘇(よみがえ)って来たぞー。そうだよなー。俺、鬼だよなー」

普段の秋田はいつもにこにこしている、気のいい若者だ。それだけに、自分が鬼と化している現実に苛(さいな)まれ、自己嫌悪して頭を抱える。

気をつけなきゃーでも無理かもー…と一人でぐるぐるしている秋田に、三葉は塚越にしたのと同じ問いを向けた。

「秋田さんは大学に行きましたか？」

「え？　ああ。どうして？」

なんでそんなことを聞くのかと問い返す秋田に、三葉は高階から聞いて、塚越にも聞いたからだと返した。

きっかけは高階の友人と勝鴉で会ったことだと知り、秋田はなるほどと頷いて、自分の話を始める。

「俺は大学で醸造学を勉強してたんだよ。それでここに」

「秋田さんは最初からお酒が造りたくて？」

「ああ。だから、大学もそういうところを選んで…実は、俺の母親の実家が元酒蔵でね。母さんが子供の頃には廃業してたんだけど、じいちゃんから酒造りの話を聞いてて、子供の頃から興味があったんだ。江南酒造に入ったのもじいちゃんの勧めがあったからなんだよ」

母親の実家が営んでいた酒蔵は街中にあり、酒造業の衰退と街の再開発の影響で、事業を畳んで土地も手放した。

秋田の祖父は家業を自分の代で途絶えさせてしまったのを心残りに思っており、彼が醸造学を勉強したいと望んだ時には、大喜びしたのだという。

「江南酒造は老舗でいい酒蔵だからって…自分で杜氏だった木屋さんに連絡を取って、俺に木屋さんの下で修業するようにって」

「そうだったんですか。だったら、お祖父様はお喜びですね。秋田さんのお酒、あんなに美味しいんですから」

「いや。それが…ここで働き出す前に亡くなったんだ」

江南酒造への就職が決まり、秋田が醸した酒が飲めるのを楽しみにしていたのに、突然倒れた祖父はそのまま帰らぬ人になってしまった。秋田としてもすごく残念で、毎年、新酒を実家に送り、祖父の墓前に供えて貰うようにしている。

「飲んで欲しかったんだけどね」

寂しそうに笑い、秋田は再び弁当を食べ始める。マカロニサラダを口に入れ、しみじみと呟いた。

「三葉ちゃんのマカロニサラダって、なんか、美味しいんだよなあ。マカロニだけっていうのもいいよね。きゅうりとかハムとか入ってる、スーパーで買うやつも美味しいんだけど、やっぱり手作りの良さかな」

「ありがとうございます。マカロニはつるんとした食感が出るように、長く茹でて柔らかめにしてあるんです。マヨネーズはたっぷり使って、あと、隠し味にヨーグルトとカレー粉を」

「あ、それだ。そこはかとない、カレー風味」

美味しい要因はそれだなと言って、秋田はもぐもぐ白米を頬張る。精米所への書類提出が終わって気が楽になったのか、床に座っていた時よりも表情が緩んでいる。旺盛に弁当を食べる姿を見て、聡子の指示は正解だったと三葉は安堵した。

「高階さんはお酒造りが楽しかったから辞めなかったって言ってました。楓さんも、楽しいって」

「そっか。楽しいだけじゃないはずなんだけど…まず、最初に楽しくなかったら続けられないからね」

「秋田さんは楽しくないですか？」

「楽しいよ。もちろん。ただ、大変なことも多いから…」

「大変…」

かつて経営危機に陥った江南酒造の財務状況は今も芳しくない。お金がないから新しい機械も買えず、あれこれ節約しなくてはいけないという話をしょっちゅう耳にしているので、そのせいなのかと三葉は心配した。

以前、聡子から聞いた話が蘇る。秋田くんにはよそへ行くっていう選択肢もあった。実際、あんなに美味しい酒を造れる秋田ならば、他の酒蔵でも働けるはずだ。

「秋田さんなら…江南酒造が潰れかけた時に、辞めてよそで働くことも出来たでしょう。それなのに残ったのはお祖父様の勧められた酒蔵だからなのですか？」

まだ若い高階はどうしたらいいか分からなかったと言い、塚越はせっかく覚えた仕事を…積み上げた経験で勝ち取った居場所を失いたくなかったと言った。

ならば、秋田は？　秋田なら探せばもっと恵まれた環境を見つけられたのではないか。それをしなかったのは…祖父の手前があったからなのか。

三葉の問いに秋田はそういうわけじゃないと首を横に振る。

「じいちゃんがどうとかいうのはなかったな。あの時はただ必死で、悪いけどじいちゃんのことを思い出す余裕もなかったよ。…辞めようかどうしようかっていうのは、江南酒造に入った頃の方が強かったなあ」

「そうなのですか？」

「俺が入った時は響さんのお兄さんが社長やってたんだけど、日本酒の製造から撤退しようとしててさ。それを木屋さんや奥さん、古参の社員さんがとめてた感じで。社長がそんな感じだと、やっぱ現場にも影響あるし、もちろん酒の味にも……ね。俺は日本酒を本気で造りたかったから、他の蔵に行った方がいいのかなと迷ったけど、木屋さんは熱心に教えてくれたし、頼りにもされて、辞められなくなって……そうこうしている内に倒産騒ぎが起きたんだ。けど、あれで辞めようと思わなかったのは、木屋さんが倒れて俺しかいなくなって、それでも奥さんと帰って来た響さんが、酒造りをやめるとは言わなかったからさ。奥さんに『秋田くん出来る？』って聞かれたから、出来るとは言えなかったけど、『やります』って言ったよね。響さんは何も分からないけど何でも手伝うって言ってくれたし、中浦さんもやって来て、何とかするって言ってくれたし。どん底まで落ちちゃうと悩む暇なんかないもんだって分かったね」

うんうん……と頷き、秋田は弁当箱に残っていたご飯を食べ終え、「ごちそうさま」と言って蓋を閉める。麦茶を飲む秋田に、三葉はデザートに用意して来た梨を差し出し、どうぞと勧めた。

「わあ、梨だ。梨って美味しいよねえ。こういう瑞々（みずみず）しいお酒が造りたいよ」

「三葉も飲みたいです！」

「今季は大変なスケジュール組んじゃったからさ。三葉ちゃん、よろしくね」

「それは……三葉にも手伝わせてくれるってことですか？」

「何言ってんだよ。三葉ちゃんはとっくに頭数に入ってるから」

ふふ…と笑う秋田の目の奥に狂気が潜んでいるのを、純真な三葉は見抜けなかった。その場に塚越がいたら「やべえぞ、あの目は！」と忠告していただろう。酒造りを手伝わせて貰えると喜ぶ三葉の前で、秋田はしゃりしゃりと噛み砕いた梨を飲み込む。

壁にかかっているカレンダーは九月。十月になれば仕込みが始まる。

「早いよなあ。もう仕込みだよ」

蔵入りの日がひたひたと近付いて来ている。楽しみだけど、楽しみじゃないような気もする。これだという正解を、まだ見つけられていないからだろうか。その正解はいつか見つかるのだろうか。

秋田はぼんやりと考え、「ごちそうさま」と言って梨が入っていた容器の蓋を閉めた。それを空の弁当箱の上に重ねて三葉へ返す。

「ありがとう。三葉ちゃん。助かったよ」

「お腹いっぱいになりましたか？」

「ああ」

「忙しかったらいつでも言って下さい。持って来ますから」

これぐらい容易いことだし、どんなに忙しくてもご飯は食べた方がいい。真面目な顔で言う三葉に、秋田は頷いて、お願いしますと頭を下げた。

　母屋へ戻る三葉と共に、蔵へ向かう為に事務所を出た秋田は、出入り口の脇に置かれたプランターを見て「あ」と声を上げる。

「どうしましたか？」

「いや、…コスモスの種を貰ったからまいてみたんだけど…芽が出ないんだよね。まくのが遅かったのかな」

　事務所の出入り口は二段ほどの階段が続くアルミサッシの引き戸で、その上には庇がつけられている。プランターは直射日光を避けて、庇が作る日陰の下に置かれていた。

　その横にある小さなじょうろを手にした秋田は、「水が足りてないかな」と呟いて、水をやろうとした。三葉はそれを横からとめる。

「秋田さん。お水は十分のようです。あげすぎてもいけません」

「そうだよね…」

　残念そうな秋田は芽が出ないのを悲しんでいるようだ。三葉は秋田を喜ばせようと思い、

「任せて下さい」と胸を叩いた。

「三葉がおまじないをしてあげます」

「え？」

　話の流れ的にどういう意味なのか把握しかねて、秋田は不思議そうに三葉を見た。三葉

はプランターの前にしゃがみ、目を閉じてぶつぶつとおまじないを唱える。

「三葉ちゃん…？」

「…はい、これで大丈夫です。芽が出ます！」

「えー…」

またまたぁ…と秋田は苦笑する。三葉は前にもおまじないを唱えていたけれど…。

確か、あの抽選券は…。

「……」

大当たりだった。貰った抽選券の全てが当たっていて、しかも一等から順番に全部が当たってしまい、響と困り果てたのだ。

結局、疑われるのを恐れて、三等のお買い物券を一枚だけ交換するに止めた。まさか、今回も…？

いやいや。あれは偶然だろうし、おまじないで芽が出るわけがない。秋田は弁当箱を抱えて母屋へ帰って行く三葉の後ろ姿を苦笑しながら見送った。

そして。

「……!?」

何気なく見たプランターに一斉に芽が出ているのを見て、驚愕する。さっきまでは何も生えていなかったのに。どういうことなのか。

「うわっ！」

思わず声を上げると、三葉が離れたところで立ち止まり、「どうしましたか？」と聞いて来る。秋田は激しく戸惑いながら、プランターを指さして芽が出たのだと報告した。

「め、め、芽が…！　芽が出た！」

「よかったですね！」

三葉は笑って言うけれど、よかったと喜べる状況ではない。いやいや。秋田が盛大に首を横に振ると、三葉が駆け戻って来た。

芽が出ないと落ち込んでいた秋田にとっては嬉しいことのはずなのに、どうしてと不思議そうに尋ねる。

「芽が出たのに嬉しくないんですか？」

「だって！　怖いよ！」

怖いと言われた三葉は、秋田を見たままフリーズした。

怖い？　嬉しいじゃなくて？　芽が出れば秋田は喜ぶと思ったのに。

「怖い…って…」

「こんな…一瞬で芽が出るなんておかしくない？　いや…でも、そういうタイミングだったのかな…。いや、でも…おかしいよな…えぇー…なんでー？」

「…難しいですね…」

おまじないの効果だとはどうしても考えられず、超常現象だと恐怖に身を震わせる秋田が喜んでいる様子は全くない。

よかれと思っておまじないでいいことを起こしているのに。どうもうまくいかないと三葉は肩を落として落ち込んだ。


その日の夜。夕飯を終えてから風呂に入った響が、水を飲みに台所へ寄ると、三葉が洗い物をしていた。それだけならいつものことだが、どうも様子がおかしい。どことなく表情が暗く、溜め息まで吐いている。

そういえば、夕食時も三葉はいつもより言葉少なだった気がする。聡子が所用で出かけており、食卓に二人しかいなかったせいで静かなのかと思っていたが。

「どうした?」

「わっ」

背後から呼びかけると、水音で響が近付いたのに気づいていなかった三葉が、身体をすくませる。響は驚かせたのを詫びて、何かあったのかと聞いた。

「いえ…そういうわけでは…」

「溜め息吐いてたじゃないか」

「…それは…」

一言では説明出来ず、言いよどむ三葉を見て、響は片付けが終わったら飲まないかと誘った。三葉は喜んで頷き、すぐに用意しますと返事する。

たまには縁側で飲むかと言いながら、響は冷蔵庫を開けて四合瓶を取り出した。水屋簞笥からグラスを二つ出して、酒瓶と一緒に縁側へ運ぶ。

庭に面した縁側は夜気に満ち、競いあうような虫の音がうるさいくらいだ。板の上に腰を下ろして、隣に瓶とグラスを置くと、長手盆につまみを載せた三葉がやって来た。

「作り置きのものばかりですが」

「お前の作るもんは美味いから何でもいい」

あぐらをかいた響はいそいそと瓶の封を切る。他の酒蔵の酒を飲むのも勉強だと、色々取り寄せている秋田から譲り受けた山形の酒だ。栓を抜き、グラスに注いでから三葉に勧める。

「ありがとうございます。これはどちらのお酒なんですか？」

「山形みたいだな。秋田がくれたから美味いはずだ」

渡される際にあれこれ説明を受けたが、ほとんど覚えていない。美味いに決まってると断言する響が注いでくれた酒に、三葉は恭しげに口をつけた。

「…あ。うん。美味しいです」

「美味いな」

同時に飲んでいた響も満足そうに笑って頷く。三葉はもう一口飲み、グラスの中の酒を覗くようにして見つめる。

「すごく滑らかですね。優しい味がします」

これは…と言って、三葉は四合瓶を手に取って裏のラベルを見た。秋田に教えて貰った知識を使って読んでみると。

「純米吟醸生原酒…って書いてあります。生原酒…生酒は一度も火入れしていないお酒ですね。原酒というのは加水とかしていないって意味でしょうか…。…美山錦というのはお米の名前ですね？」

「そうだな。酒米の名前だ」

「酒米にもいっぱい種類があるんですね…」

ラベルを見つめている三葉の横顔を見て、響は「何かあったのか？」と聞いた。三葉は顔を上げて響を見、どうしてそんなことを聞くのかと尋ね返す。

「へこんでる感じがしたから」

「いえ、特に何かあったわけでは。ただ…難しいなあと思ってですね…」

秋田にも、高階にも塚越にも。喜んで欲しいと思っておまじないをかけていいことを起こした。それなのに、なんだか微妙な結果になってしまい、「いいこと」というのは単純ではないと思い知ったのだ。

「何が難しいんだよ」

「いいことです」

「……？」

自販機で当たりを出したけれど、冷たいコーンスープは微妙らしかった。アイスで出した当たりは交換されずにお守りになった。芽が出て欲しいという願いを叶えたのに怖いと言われた…。

ブツブツ呟く三葉の声は小さくて、響の耳には届かない。何だろう？　と不思議に思いつつ、響は三葉が用意したつまみを食べようと、箸を取った。

長手盆の上には小皿が三つ並んでいる。きゅうりの胡麻和えに、焼きなすの酢味噌がけ、ごぼうの唐揚げ。

響はまず、きゅうりの胡麻和えの皿を手に持って、大胆に半分ほどを一気に食べた。

「…これは何回食べても美味いな」

三葉が現れてから、江南家の食卓は献立が豊かになった。聡子も料理はよくするのだが、三葉のマメさにはかなわない。方々から届けられる夏野菜を、三葉はこまめに色んな料理に変えていく。

夏場にはいやというほど貰うきゅうりも、サラダ、浅漬け、和え物と、様々に形を変えて食卓に上るが、中でも胡麻和えは響のお気に入りだ。

「ほうれん草の胡麻和えっていうのは母さんもよく作ってたが、きゅうりはなかったな」

「奥様も胡麻和えと言えばほうれん草だと思っていたと仰ってました。きゅうりも美味しいんですよね。塩もみにして、よおく搾って水気を切るのがポイントなんですが…」

話している内に響はきゅうりの胡麻和えを食べ尽くしてしまい、三葉は慌てておかわりはいるかと聞く。響が頷くのを見て、作り置きしてある胡麻和えを入れた容器を、台所へ取りに行った。

小皿におかわりをよそおうとすると、響はそのままでいいと言う。

「全部食える」

「はあ。響さん…夕飯が足りませんでしたか？」

夕飯に八宝菜とご飯を山盛り食べたばかりだ。呆れ顔の三葉に、響は美味いから食えるんだと、開き直ったように言う。

「こっちのなすも美味い。なすは焼いてあるのか？　香ばしいな」

「はい。焼いてから皮をむいて冷やしておきました。それに酢味噌を」

「酢味噌もさほど酸っぱくなくていい感じだ」

「なすの風味を損なわないよう、梅酢をあわせましたので」

米酢でないのでさほどきつくない…と聞き、響は頷いてグラスの酒を空ける。三葉はすかさずおかわりを注ぎ、響も注ぎ返した。

「…ん。…これも美味い！　ごぼうか？」

「揚げたものをたれに絡めたんです。薄力粉に片栗粉を混ぜたものをまぶしてからりと揚げて、みたらし風の甘辛だれとあわせました。響さんがお好きかもと思って作ったので、喜んで頂けてよかったです」

「これは秋田も好きだぞ。つまみにいいな」

ぱくぱく食べながら酒を飲み、響は「はあ」と息を吐いた。

山裾にある江南家の母屋はすっかり秋めいて、夜の空気は冷たく感じられるほどだ。日本酒を飲むにはもってこいの気候の中、美味い酒とつまみを味わえるのは、最高の贅沢だ。

「で、いいことが難しいってなんだよ？」

「それは…」

詳しくは説明出来ず、三葉は言葉を濁す。俯いて手に持ったグラスを見つめる三葉に、響はぶっきらぼうな口調で言い放った。

「あんま考えるな。溜め息なんか、似合わないぞ」

「…はい。気をつけます」

「お前はこんなに料理が出来るんだし、よく気もつくし、それ以上無理する必要はない。出来ないなら出来ないって言えばいい。仕事の手伝いが負担になってるのなら…」

「まさか！　とんでもないです！　負担なんて！　全然！　手伝いたいですから！」

必死で否定する三葉の勢いに押され、響は無言で頷く。それから、「いいことか」と呟いて、グラスに手酌で酒を注いだ。

「こんなに美味いつまみで酒が飲めるってのは、俺にとっては最高に『いいこと』だがな」

「そう…なのですか？」

「これ以上に『いいこと』が他にあるか？」

寒くもなく暑くもなく。涼やかな空気と虫の音に囲まれて、美酒と最高のつまみを味わっている。

これ以上にいいことが他に何かあるかと真剣な顔で聞く響に、三葉が首を捻った時、

「ただいまー」という聡子の声が聞こえて来た。

「お帰り」と返した響の居場所を見つけ、縁側までやって来た聡子は、二人が酒を飲んでいるのを見て「あ」と声をあげた。

「二人でいいことしてるわね。私も仲間に入れて」

「な？」

うらやましそうに聡子が「いいこと」と口にしたのを受けて、響は三葉を見てにやりと笑う。お前は十分に「いいこと」をしている。

全然意識していなかったけれど、自分が起こしている「いいこと」に気づけた三葉は、満面の笑みを浮かべて大きく頷いた。


江南酒造の前に広がる田圃で栽培されている飯米の稲刈りは九月半ば頃から始まった。七洞川まで続く広大な圃場の稲がどんどん刈られていき、一面黄金色だった景色が様変わりした頃、江南酒造に精米所から原料となる米が納品された。

八月下旬に収穫を終えた酒米は、精米所で秋田が指定した割合に磨かれた後、「枯らし」と呼ばれる冷却期間を置いていた。精米の度合いが大きくなるほど、削る時間もかかるし、米が熱を持つ。その熱を冷ます時間が必要だ。

「わ！　大きなトラックですね！」

出荷作業を手伝う為に高階と共に作業場にいた三葉は、米が入って来たと聞き、その様子を見に外へ出た。原料置き場となる倉庫へ続く入り口には、十トン車がバックで乗り入れており、車体の大きさにびっくりした三葉が声を上げる。

更に驚いたのは。

「あれ…全部、お米ですか？」

ウィング車と呼ばれるトラックの荷台は、パレットを使った荷物の積み下ろしを容易にする為、側面部分が上へ開くようになっている。その開口部から見えた荷台には、袋詰めにされた米を積んだパレットが何台も載せられていた。

「もちろん」

「わあ、すごい！　でも、たくさんのお酒を造らなきゃいけないんだから、あれくらい必要なんですね」

「いやいや、三葉ちゃん。あれだけじゃないよ？」

「え？」

「何回かに分けてやって来るから。あれがなくなったーと思ったら、また来るから」

そういうものだから…と言う高階の顔には薄い笑みが浮かんでいる。これからの苦労を思って遠い気分になっているようだ。

三葉が目を丸くしたままでいると、フォークリフトに乗った塚越がやって来て、パレットを下ろし始めた。

「秋田さん。全部作業場の方でいいですよね？」

「ああ。去年と同じ場所で。空けてあるから」

秋田に確認した塚越は、フォークリフトでパレットを運んで行く。江南酒造にはフォークリフトは一台しかないので、塚越の作業が終わるのを皆で眺めていた。

「秋田さん。お米、たくさん来ましたね。全部、稲刈りを手伝ったお米と同じですか？」

「うん。瑞の香だよ」

「この前、響さんと飲んだお酒には美山錦っていうお米を使ってるって書いてありました。酒米も色んな種類があるんですね」

「そうだね。美山錦は寒冷地に向いてる米で、東北とかで多く栽培されてる。瑞の香に比べたらメジャーな酒米だね」

「確か、山形のお酒でした」

　秋田は自分が響にあげたお酒だと言い、あれは美味しいよねえとうっとりした表情で続ける。美山錦で醸された酒の特徴を話そうとしたところ、「あのう」と近くにいた高階が声をかけて来た。

「今更なことを聞いてもいいですか？」

　ちょっと恥ずかしそうに言う高階を、秋田は不思議そうに見る。今更というと？　首を傾げた秋田に、高階は酒米は飯米とどう違うのかと尋ねた。

　高階は三葉とは違い、もう何度か酒造りを手伝っている。それ故に「今更」と自分で口にしたのだが、秋田は「今更」とは思わなかった。

「そっか。海斗にちゃんと説明したこと、なかったよね？　いきなり作業だったもんな。ごめん」

　高階が仕込みを手伝うようになったのは、倒産騒ぎで圧倒的な人手不足に陥ったからだった。当時の秋田は杜氏として初めて酒造りを任されたばかりで、作業についての説明はしたが、もっと根本的な説明は全くしていなかった。

それでも仕事は出来たし、美味しい酒も出来た。だから、高階はそのままなんとなくやって来たのだけど。

三葉が素朴な疑問を秋田にぶつけるのを見て、この際だから自分も…と思ったのだ。

「酒米の特徴は…粒が大きくて、心白っていう米の中心にあるデンプン質が多い…吸水性が高い…糖化しやすい…ってのが主なところかな。酒米は飯米よりも削る度合いが高いだろう。だから、精米した時に割れたりしないよう、しっかりした粒でないといけないんだ。有名な山田錦っていうのは酒米の中でもすごく優秀な米なんだよ。だから、酒造好適米としての作付け面積も一位だしね。山田錦で造ると香りがよくて、味も綺麗な酒が出来るから、全国の酒蔵で使われるようになったんだ」

「でも、うちは使ってませんよね？」

「瑞の香も生産量は少ないけど、いい酒米なんだ。山間部でも栽培出来る早生米で、山田錦ほどの粒の大きさはないけど、心白がしっかりしてる。何より、地元の米だから、うちの水と合う」

江南酒造では敷地内から汲み上げた地下水を仕込み水として使用している。酒造りに適したその水は大山山系の伏流水で、原料である酒米の瑞の香も同じ水で育つ。だから、相性がいいのだと秋田は説明した。

「山田錦が優秀過ぎて、全国どこの蔵でもそればかり使ってるような時期もあったけど、最近は地元の酒米を使う蔵が増えて来てるんだよ。どういう米で造られているかに目を向ける人も増えてるし」

「飯米では造れないんですか？」

「造れるよ。コシヒカリとかで造ってる酒蔵さんもある。飯米で造った酒は香りとか味の綺麗さは目立たないけど、旨みがしっかりしてる感じかな」

「飲んでみたいです！」

秋田の話を聞いた三葉は目を輝かせる。勉強熱心なその態度に感動し、秋田は今度手に入れておくと約束した。

「ワインもブドウによって味が違うように、日本酒も酒米によって地域性や個性が出るから。いわゆる、地酒ってやつだけど。個性がね、大事なんだよね」

うん。一人で頷き、秋田は腕組みをして、トラックの荷台に積まれている米袋を見つめる。三葉と高階もそれを真似して、三人で腕組みして並んでいると、塚越が運転するフォークリフトが勢いよく戻って来た。

米が入荷した翌日。昼食を食べた後に、秋田が改まった様子で話があると切り出した。

食後に出されたりんごを摘まんでいた響たちはリラックスして、他愛のない会話を交わしていたのだが、秋田の顔付きが真剣なのに気づいて姿勢を正した。

「今年の仕込みについてなんですが…去年よりも製造量を二割くらい増やすつもりで原料を頼んでますんで、よろしくお願いします」

正座した秋田は、拳を腿(もも)の上に置いて、頭を下げる。製造量が増えるということは、仕事も増える。

秋田は自分たちの負担を気遣っているのだろうかと響は思ったが、その本意をいち早く察した中浦が、重々しい口調で確認した。

「…ということは。支払いも増えるということですね？」

「はい」

かつての危機で残った負債の支払いは今も続いている。その為、江南酒造はぎりぎりのやりくりを続けており、社員である秋田、塚越、高階、中浦に毎月の給料を支払うのがやっとで、賞与も出せていない。

そんな状況で、支払いが増えるという話は、経理を担当する中浦にとっては大変胃の痛いものだ。中浦は厳しい表情で秋田に問いかける。

「売上の増加が見込めると…？」

「…と思いたいです」

断言出来ない自分に苛立ちを覚えているのか、秋田の口は真一文字に結ばれていた。中浦の心配も分かるが、秋田には考えがあってのことに違いない。響はそう考えて、秋田を庇おうと間に入る。

「雲母ホテルっていう取引先だって出来たし、大丈夫ですよ。ひやおろしだって評判で、数が足りなかったくらいなんですから」

「それは承知していますが…もう一年、様子を見た方がよかったのではと思いまして」

秋田の酒が評価されつつあるのは事実だ。しかし、それがすぐに売上に結びつくかどうかは分からない。製造量を増やすのは来年でもよかったのではないか。

中浦はそう指摘した後、秋田を見て「それに」と付け加えた。

「米の発注は春先にしているはずですよね？　その頃はまだ雲母ホテルとの契約は結べていませんでしたし…秋田くんはどういうつもりで相談もなしに、発注量を増やしたんですか？」

中浦の疑問はもっともなものだった。支払いを考える立場にある中浦が、勝手な判断だと腹を立てるのも仕方がない。

それは秋田も分かっていたようで、「すみません」と詫びて、深く頭を垂れた。

そのまま顔を上げずに、秋田は自身の考えを述べる。

「中浦さんの言う通りなんですが…三造り目に手応えを感じたからこそ、増やしてみたんです。俺の手応えが売上に直結するわけではなくて、結果が出てると大きな声では言えないんですが…。今、造らないと先に続かないし…造っておいて損はないはずなんです。うちが目指すべきところが…ようやく定まって来た感じなんで…」

「……」

　自分の造る酒に自信を持ちつつある。けれど、結果はまだ追いついていない。もどかしさを滲ませつつ、秋田は中浦に思いを伝える。

　秋田の頑張りを間近で見ている中浦がそんな彼を無下に出来るわけもない。沈黙してしまった隙を突くように、響も中浦に頭を下げた。

「中浦さん。売上が徐々に上向きになってきてるのは確かだし、もっと売れるよう、俺も頑張りますから。お願いします」

「三葉も頑張ります！」

「あたしも頑張る」

「俺もです」

　響に続いて、三葉と塚越と高階も声を上げ、最後に聡子が「私も」と言って小さく手を挙げた。

　中浦は聡子を見て小さく溜め息を吐き、自分の立場を理解してくれるよう響たちに訴える。

「僕もそっちに入りたいんですよ？」

「分かってます」

「中浦さんがいてくれてこそ、ですから」

真面目な顔でうんうんと頷く一同を見回してから、「検討してみます」と言う中浦を、聡子が「頑張って」と励ます。難問を与えられてしまい考え込んでいる中浦を横目に見つつ、秋田は話を続けた。

「それから、例年通り、一日に鵲神社さんにお祓いを頼みました」

江南酒造では必ず、蔵入りの日…酒蔵での仕込みが始まる日…に、鵲神社から神職を招いて酒造安全祈願祭を行う。祈禱に際しての準備を聡子に頼み、秋田は全員に向けて深々と頭を下げた。

「今季も色々とお願いすることが多いかと思いますが…よろしくお願いします！」

秋田にあわせて、響たちもお願いしますと頭を下げる。前季よりも更に美味い酒を造り、より多くの人に飲んで貰えるように。一丸となって頑張ろうと気勢を上げる様子を、聡子と中浦は温かな目で見守っていた。

アルミサッシの引き戸が軽い音を立てて開いたのに気づき、中浦はパソコンに落としていた視線を上げた。戸の開け方一つで、誰が入って来たのかが分かるものだ。三葉なら開けた途端に呼びかけて来る。

響や秋田ならもっと勢いよく開けるし、塚越は早くて、高階は逆にゆっくりだ。三葉なら開けた途端に呼びかけて来る。

だから、この開け方は。

「中浦くん。まだいたの？」

聡子の顔を見て、中浦はやっぱりと思いつつ、「ああ」と答えた。長い時間パソコンの画面を見ていたせいで目が疲れている。聡子が「まだ」と口にしたのが気になり時計を見ると、午後五時半近くになっていた。

仕込みが始まるまでは五時で終業となっている。塚越と高階が先に上がりますと言いに来た覚えはあるが、その後にまた数字に見入ってしまっていたようだ。中浦は自分もそろそろ帰るつもりだと聡子に告げた。

「そうなの？　まだかかるようなら、夕飯、食べて行く？」

「いや。急ぎの用じゃないんだ。…支払いの予定を立てておかないと…と思って」

苦笑する中浦に、聡子は申し訳なさそうな表情を浮かべた。中浦の向かいの席の椅子を引いて座り、苦労をかけるのを詫びる。

「秋田くんが仕入れを増やした件ね。ごめんなさい。大丈夫？」

「聡子が謝ることじゃないだろう。…大丈夫にしないと、まずいからな」

既に仕込みで使用する原料米が山のように入荷している。これから酒米の代金、精米所への加工賃の支払いが待ち構えている。多額の負債を抱え、その返済を続けている江南酒造にとっては、支払い額が増えることは致命傷になりかねない。

計画を立てて支払いの用意をしておかねばならず、それを考えていたと言う中浦に、聡子はまたも「ごめんなさい」と謝った。

「だから…」

同じ台詞を返そうとした中浦は途中でやめて、パソコンの電源を落とす。金の都合を考えるのが自分の仕事だし、悪い意味での支出ではない。

秋田には来年でもよかったのではないか…とは言ったが、自分の酒造りに対する手応えがあるからこそ、波に乗ろうと決めた彼の判断を疑ってはいないのだと聡子に話した。

「俺は酒が飲めないから…今ひとつ分からないんだが、呑み切りの時も先生方は随分褒めてらしたし…雲母ホテルにも認めて貰えたんだ。酒質が上がっているのは確かなんだろう」

「美味しいわよ。秋田くんのお酒。美味しくなってる…って現在進行形で言った方がいいわね」

「なら、なおのこと、秋田くんの判断は間違ってないいんじゃないか。造っておかなければ売れないからね。俺はとにかく、響さんと現金化出来るような策を練るよ」

新たな借り入れが起こせる見込みはない。とにかく現金。現金収入を得なければと真面目な顔で唱える中浦の前で、聡子はうんうんと頷いて、「ありがとう」と礼を言った。

「今年も中浦くんのおかげでお酒が造れるわ」

「……」

笑みを浮かべる聡子を見て、中浦は心の端っこをつねられるように感じた。礼なんか言わなくていい。何度も言っているのに、聡子はきかない。

長い間会っていなかった聡子と再会したのは、駅前の中心街にあるあじさい銀行の鵲支店だった。

江南酒造のメインバンクでもあるその銀行で、中浦は大学を卒業して以来、ずっと働いていた。当時は本店で地方支店の監査業務に携わる部署にいて、偶然、所用で訪れた鵲支店で聡子を見かけた。

何年ぶりかに訪れる故郷の鵲市で、知り合いに会う可能性を考えなくもなかった。けれど、まさか支店の応接室で、変わり果てた姿になった初恋の相手に再会するとは思いもしなかった。

応接室で身を小さくして頭を下げていた聡子が、自分の知っている聡子だとはすぐに分からなかった。それくらい、その頃の彼女はやつれていた。

老舗酒蔵に嫁に行き、若奥様としてしあわせに暮らしているはずの聡子が、どうして一人で銀行員相手に頭を下げているのか。事情が分からず、その場は見過ごして、支店を出た聡子を追いかけた。

聡子。動揺していたせいもあり、子供の頃と同じく名前で呼びかけた自分を見た聡子は、驚いたようだった。中浦くん？　目を丸くして呼び返した聡子は昔と変わっていなくて、けれど、その口から語られた話は、明るくておしゃべりで、呑気だった彼女には似つかわしくないものだった。

あれから…何度、聡子は自分に礼を言っただろう。

「…酒を造るのは俺じゃない。秋田くんたちだ」

「そうだけど」

「それに…今季はちょっと気が楽なんだ。響くんがやる気になってくれたからな」

多くは望めない、いてくれるだけでいい。そう考えていた響が、自分の仕事に前向きになりつつあるのは、中浦にも聡子にも喜ばしいことだった。今の響は酒販店にも積極的に営業に行き、雲母ホテルとの取引も順調に続けている。

「元々、営業職だっただけあるよ。俺は銀行屋だから。助かる」

「そうね。後藤酒店さんにも言われたわ。響が来てくれるようになって助かるって。中浦くんには頼みにくいこともあったんだって」

地元近辺の取引先には中浦が顔を出すようにしていたのだが、どうしても硬い対応になりがちで、評判はよくなかった。

中浦自身も分かってはいたが、指摘されると辛い。神妙な顔付きになる中浦に、聡子は慌てて「冗談よ」と付け加えた。

「いいんだ。分かってる」

分かってるからこそ、響に任せられるのが助かるのだと言い、中浦は帰り支度をして立ち上がった。聡子も一緒に事務所を出て、再度、夕食はいいのかと尋ねる。

「帰ってから食べる。仕込みが始まったらまたご相伴に与るよ」

酒造りが始まると秋田はほぼ泊まり込みになるし、仕事の内容によっては塚越や高階も泊まるようになる。三人の為に朝昼晩の食事を用意するので、蔵の仕事には携わらない中浦も、ついでにと誘われることが多くなる。

「今年は三葉ちゃんがいるから助かるな」

「そうなのよ。本当に助かってるわ」

嫁いで来てからずっと大勢の世話をこなして来た聡子にとって、今の人数は大したことはないが、朝昼晩となるとやはり負担は大きい。しかも、まだ手術してから半年も経っていない。聡子に無理をさせたくないと思う中浦にとっても、三葉の存在は有り難いものだった。

よく働いてくれる…と聡子が話しかけた時だ。「奥様ー」と呼ぶ三葉の声が聞こえて来た。

「ここよー！」

聡子は自分を捜しているらしい三葉に返事をする。その声を聞きつけてやって来た三葉は、秋田と響と一緒にお酒を飲んでもいいかと聡子に確認した。

「色んなお酒を飲ませて下さるそうなんです。中庭で用意してまして」

「あら、いいわね。たくさん飲ませて貰いなさいよ」

「頑張って勉強します！　奥様も…」

「だったら、私は中浦くんと外で食べて来るわ」

え…と驚く中浦に、聡子は「たまにはいいじゃない」と返す。仕込みに入れば春まで忙しく、ゆっくり出かけることもままならなくなる。了解しましたと言って三葉が中庭へ戻って行くと、聡子は用意して来るので待っていて欲しいと中浦に頼んだ。

「家に食べるものがあるわけじゃないんでしょ？」

「ああ」

中浦は一人暮らしで、自宅で誰かが待っているわけじゃない。スーパーやコンビニに寄って弁当でも買おうと思っているくらいなら、自分と食べに行こうという聡子の誘いを断る理由はなかった。急いで母屋へ戻って行く聡子の後ろ姿を、中浦は笑みを浮かべて見送った。

響と秋田が待っている中庭へ戻った三葉は、聡子は中浦と出かけるそうだと伝えた。

「一緒に外で食べて来られるようです」

「だったら、中浦さんが送って来てくれるな」

中浦は下戸なので運転に心配はない。こちらは遠慮なく飲もうと響は三葉に椅子を勧める。

一升瓶用のケースを逆さにして並べた即席テーブルには、秋田が用意した酒瓶とグラス、おちょこが並んでいた。酒はどれも秋田が勉強用として取り寄せている銘酒だ。

期待に満ちた顔で酒瓶を眺めている三葉に、秋田は最初のお薦めを用意する。

「じゃ、今回は分かりやすい感じで飲み比べしてみよう。まずスパークリング系をいってみようか」

「すぱーくりんぐ?」

「炭酸水みたいにしゅわしゅわしてるんだ」

響の簡単な説明を聞き、三葉は「え」と驚く。日本酒なのに炭酸? そんな酒があるのかと興味津々で秋田が手にしている四合瓶を見た。

透明なボトルの下の方に、薄く白いおりが沈殿している。秋田は三葉にキャップの上部を見せ、どういう仕組みであるのかを説明する。

「ここに…空気穴があるの、分かる？　これは活性にごりって言われるタイプのもので、瓶内でまだ発酵が続いている状態だから、こういう穴開き栓にして破裂を防いでるんだ」

スパークリングタイプの日本酒は、活性清酒、瓶内二次発酵清酒、炭酸ガス充填清酒の三種に大別される。秋田が用意したものは活性清酒タイプで、アルコール発酵途中の醪（もろみ）をあらごしして火入れせずに瓶詰めしたものだ。瓶内では酵母がまだ生きており、炭酸ガスが発生している。

その為、完全に密閉してしまうと瓶が破裂してしまう恐れがあるのだと言いながら、スクリューキャップを慎重に緩めていく。緩めて、戻すを繰り返しながら、説明を続けた。

「生酒だから要冷蔵で、輸送や管理にも気を遣うんだ。穴があるから横にすると漏れちゃうしね。輸送技術が発達したおかげで商品化出来るようになったけど、昔は難しかったんだよ。にごりタイプのこれは寒い時期に発売されて…本当はもっと早くに飲まなきゃいけなかったけど、時間を置いたらどうなるかなと実験してたやつだから…溢（あふ）れそうで怖い…と秋田は瓶の中の様子を何度も確かめる。けれど。

「うわっ！」

もう少し…と言いながらキャップを回した途端、泡が漏れ出した。開け過ぎたと秋田は急いで瓶の口を押さえる。塞ぎきれずに酒が溢れるのがもったいなくて、三葉と響も慌てたが、どうしようもない。

あたふたと用意していたグラスに注ぎ、三人でふうと息を吐いてから乾杯した。

「本当に泡がつぶつぶしてますね…。…ん！　シュワシュワしてます！」

「美味(うま)いな」

「発酵が進み過ぎて酸っぱめかなと思ったけど、そうでもないですね。ほとんど遜色ないように思えます」

「美味(おい)しいです！　秋田さん、これは特別な技術が必要なんですか？」

江南酒造では出来ないのかと聞く三葉に、秋田は「うーん」と唸(うな)って首を傾(かし)げた。

「出来ないことはないんだけど、手間がかかるんだよ。今の状況だと難しいなあ」

「女子受けしそうなのにな」

「はい。日本酒っぽくないところが、若い方たちにも勧めやすそうです」

秋田が注いだ酒を飲み干し、三葉はいそいそとつまみを準備し始める。酒瓶を並べた即席テーブルの前には炭を熾(おこ)した七輪があり、その横にはカセットコンロと食材が用意されていた。

シュワシュワの日本酒には…と三葉が用意したのは。

「これを薄く切ってですね…さっと焼きますよ」

ふふふと笑いつつ、三葉が七輪の網に置いたのは、薄切りにしたバゲットだ。その両面を軽く焼き、セミドライにしたミニトマトと小さなキューブ状に切ったブルーチーズを載せて、オリーブオイルを少しかける。

三葉と言えば、伝統的な和食というイメージのあった響と秋田は、予想外のつまみに目を丸くした。

「お前…そんな洒落(しゃれ)たものを…何処(どこ)で？」

「テレビです。ブルスケッタっていうんですよ」

知ってますか？　とちょっと自慢げに言い、響たちに「どうぞ」と勧める。二人はブルスケッタを一口で頬張り、「美味い」と声を上げた。

「美味しいね、これ。ミニトマトが…いい感じで。生じゃないよね？」

「はい。大きめのミニトマトを切って干してあります。テレビでは生のトマトを使ってましたが、せっかく焼いたパンがしなってしまうかなと思いまして。ニンニクは香りが強いので省いております」

「ドライトマトか。甘酸っぱいのは干したからかな。ほどよい甘みがいいねえ。チーズの塩味と合う」

「ブルーチーズなんか、何処で買って来たんだ？」

「奥様とスーパーに行った時に買って貰(もら)いました」

聡子のお供で買い物に行く度、見つけた珍しい食材をあれこれ買い求めて、ストックしているのだと聞き、響はなるほどと頷き、おかわりを求めた。

日本酒だから和食でないと…という先入観は世界を狭める。軽いタイプの酒には、洋のつまみが合うなと、三葉がこしらえるブルスケッタを次々消費していく。

「響さん。おかわりして下さるのは嬉しいのですが、まだ違うお酒があるので…」

それには別のつまみを用意するつもりだからと言う三葉に、響は「すまん」と詫びて最後のブルスケッタを飲み込んだ。

秋田は次に「とっておき」の大吟醸を出した。

「磨き二割三分の純米大吟醸だよ」

「大吟醸は確か、精米歩合が五十パーセント以下でしたよね？　二割三分というと…」

「二十三パーセントか。そんなに削ったら米がなくなりそうだな」

響の言葉に秋田は頷き、非常に高い技術が必要とされるのだと続ける。贅沢な大吟醸だから価格も高い。四合瓶よりも小さな三百ミリリットルサイズの瓶の口部分にかけられた飾りを取って、アルミのカバーを取り除く。

「純米大吟醸に特化して造ってる蔵なんだよ」

蓋を外した瓶から、卵のような形をしたグラスに酒を注ぐ秋田に、三葉は珍しい形の酒器だと指摘した。先ほど炭酸タイプの酒を飲んだ時もガラス製の酒器だったけれど、今度のはもっと特別な感じがする。

「これは大吟醸の香りや味が楽しめるように開発されたグラスなんだ」

「高そうだな」

「高いですよ」

響の呟きに真面目な顔で返し、秋田は三つのグラスに均等に酒を注ぐ。三百ミリリットルだから、三つ用意したグラスの三分の一ほどを満たして瓶は空になった。

高いグラスに高い酒。三葉と響は姿勢を正して、グラスを手にする。グラスに鼻を近づけた三葉は、はっと目を見開いた。

「……！　果物の匂いがします…メロン…っぽいような…すごくいい匂いです！」

「これが大吟醸の吟醸香ってやつだよ。吟醸香にはカプロン酸エチルと酢酸イソアミルっていう香り成分が関わって来るんだけど、これは米を削って十度以下の低温で酵母を飢餓状態に置くことで香気成分が生まれて…」

「味も美味しいです！」

「美味いな！　さすが大吟醸だ。三葉、これに合うつまみはどうする？」

吟醸香の説明を始める秋田をそれとなくスルーし、三葉と響は酒を味わってつまみを相談する。三葉はもう一口、酒を飲んでから「ちょっと待ってて下さい」と言って立ち上がった。

そのまま母屋へ駆け出して行った三葉は、間もなくして両手でお盆を抱えるようにして戻って来た。

「お待たせしました！」

テーブル代わりのケースにお盆が置かれる。薄く切った白身の刺身を盛りつけた平皿と、四つに割ったすだちに、塩が盛られた小皿。響と秋田は「おお」と声を上げて感心した。

「刺身か。そりゃ合うよね」

「いつ用意したんだ？」

「これは鯛を昆布締めにしたもので、明日辺りのお夕飯に出そうかと思ってたんです。これに…すだちを搾って…塩をぱらぱらと振り…」

どうぞ！と三葉が言う前に、箸を持って待ち構えていた響と秋田は刺身をつまみ上げていた。昆布で締めた鯛は余分な水分が抜け、昆布の旨みがいい具合に移っている。

薄造りながらもむっちりとした身にかけられたすだちの香りが鼻先へ抜け、微かな塩味が鯛の美味さを引き立てる。

「うま…！」

「…マジか。いつものスーパーで買った刺身なんだろ？」

「もちろんです。刺身ではなく、さくで買いました。その方がお買い得だったので」

決して高いものではないと三葉は言うが、高級な味がする。味として濃いわけではないのに、しっかり旨みが感じられる刺身は、香り高い大吟醸にもぴったりだ。

「お醤油とわさびじゃ強いかと思って…うん、やっぱりこの方が合いますね。お酒が美味しい！」

三葉も刺身を食べてから大吟醸を飲んで、大きく頷く。正解だなと三人で頷きあったものの、ひとつ問題があって。

「秋田。おかわりないのか？」

「ないです」

グラスに注いだ分で瓶は空になってしまっている。高級な大吟醸をグビグビおかわりするなど、許される訳もない。

物足りなそうな表情を浮かべる響に、秋田は次の酒を飲んで下さいと返した。

並べてあった四合瓶の中から選んだ酒を三葉に見せ、この前買っておくと約束していたものだと告げる。

「コシヒカリで造ったお酒だよ」

「コシヒカリって…ご飯の、アレか？」

秋田に酒米の話を聞いた時、飯米でお酒は造れないのかと高階が質問した。造れると答えた秋田が、用意してくれていたのに喜び、三葉は「ありがとうございます！」と礼を言う。

秋田は瓶の蓋を外し、今度はグラスではなく、おちょこに注いで、響と三葉に飲んでみるように勧める。

三葉はまずおちょこに鼻先を近づけた。匂いを嗅いで、さっきのような香りはしないと言う。

「余り匂いはない…ような気がします」

「そうだね。大吟醸を飲んだ後だと特にそう感じるかも」

華やかな酒と比べると地味かもしれない。三葉に向けて秋田が話すのを聞きながら、先におちょこに口をつけた響は、「ん！」と声を上げた。

「これは…酸が強いっていう感じのやつだ」

響が言う「酸」の意味を把握しないまま、三葉もおちょこの酒を飲む。一口飲んでから、響の顔をまじまじと見て、「酸…というのですか」と確認した。

響は秋田を指して、自分は聞きかじっただけだと返す。

「こんな感じの酒を前に飲ませて貰った時に、秋田に言われたんだ。酸が強いタイプだとかなんとか…」

「酸と言っても梅干しとか酢なんかみたいな酸っぱさとはちょっと違うんだ。分かるかな？」

秋田に聞かれた三葉は無言で頷き、もう一口酒を飲んだ。おちょこは空になり、響がそれにおかわりを注ぐ。

「なんていうか…すごくしっかりした感じがします。味が複雑で…美味しいんですけど、一口飲んで『美味しい！』っていうんじゃなくて…なんていうか、しみじみ美味しいっていうか…そうだ。うちの純米酒に似てます！」

　根本的な味としてはそれに近いと言う三葉に、秋田はぱちぱちと拍手する。その顔には感動が溢れており、自分のおちょこに注いだ酒を飲んでから、「はあ」と溜め息を吐いた。

「三葉ちゃんは本当にちゃんと味わってくれるよね」

「俺も味わってるぞ」

「分かってます。響さんの口から『酸が強い』なんて言葉が出て来たこと自体、すごいと思ってます。『美味い』しか言えなかったのに」

　響が酒に対する向上心を抱き始めているのは秋田も実感している。勉強もしているようだし、今までのように何でも美味いで片付けず、江南酒造ならどうなのか…と置き換えて考えようとする態度も見られる。

　秋田は響もすごいと褒めた上で、三葉の指摘は当たっているのだと告げた。

「これも純米酒で、生酛造りなんだ。俺も味の傾向はうちと似てると思う」

「そうですよね」

「ただ、飯米ならではの力強さが感じられるんだよな。精米歩合が八十かあ…。酵母無添加っていうのも…うん、その辺りで酸の出方に影響が出てるのか…」

「三葉。つまみはどうする？」

ぶつぶつ独り言を呟き始めた秋田の横で、響はおちょこの酒を飲み干して、三葉につまみをリクエストする。三葉は「これには」と迷わず、用意していた保存袋から椎茸を取り出して七輪の網の上に置いた。

「椎茸を焼きます！」

網の上に石づきを落とした椎茸をかさを下にして並べ、その脇で切った石づきも焼いていく。椎茸はあらかじめ軽く干しておいたのだという。

「ミニトマトよりは干した時間は短くて…きのこは干すと断然美味しくなります。椎茸は石づきも美味しいですしね」

「そうなのか？」

「俺、いつも捨ててるよ」

「小さいものは食べられる部分も少ないので、三葉も捨てたりしますが、これだけ立派な椎茸ですから」

肉厚の椎茸は梅酒の仕込みを手伝いに来てくれるパート従業員から貰ったのだという。親戚が椎茸栽培を始めたらしいという話を聞きながら、響と秋田はおちょこにおかわりを注ぎあう。

何杯目かの酒を空にした響は、腕組みをして真剣な表情で「あれだな」と呟いた。

「スパークリングも大吟醸も美味かったが、これは派手な美味さはなくとも、ほっとする味だな。飯を食ってるみたいな」

原料が飯米のせいだろうか…と首を傾げる響に、それはさほど影響ないのではと秋田は意見する。

「酒米だって同じ米です。蒸米を食べて美味いって言うじゃないですか」

「ああ。確かに美味い」

「響さん、酒米を食べたことあるんですか？」

椎茸の焼ける具合をじっと見ていた三葉がうらやましそうな声を上げる。響は「ああ」と頷き、もうすぐ仕込みが始まるから食わせて貰えるぞと付け加えた。

「いいんですか？」

「もちろん。こういうものだって味を知って欲しいし」

「楽しみです！　でも、お酒を造るお米は炊くんじゃなくて、蒸すんですね。どうしてなんですか？」

「酒造りでは蒸した米で麹を造る工程があるんだけど、その時に炊いた米だと麹菌が繁殖しにくいんだ。米は炊くと粘りが出て引っ付くだろう？　そうすると、麹菌をまんべんなく引っ付けるのが難しいし…水分量も多いからね。あと、炊いた米は溶けやすいってのもある。発酵の際に…」

「待って下さい、秋田さん」

「ん？」

「麹って何ですか？」

「あー…」

「それと生酛っていうのも分かりません。楓さんに聞いたら『めんどくさいやつ』って言われたんですが」

塚越が三葉に伝えた言葉に苦笑し、秋田は「そうだよね」と言って頭を掻いた。三葉はまだ一度も仕込みに参加していない。酒の造り方がよく分かっていないのは当然だ。

ええとね…と、出来るだけ簡単な説明を試みる。

「麹っていうのは蒸した米に種麹をふりかけて麹菌を繁殖させたもので…、お酒は原料をアルコール発酵させて出来るんだけど、アルコール発酵っていうのは酵母がブドウ糖なんかの糖分を分解する過程で炭酸ガスとアルコールを生み出す反応のことなんだ。けど、酵母がアルコール発酵を行う為に必要な糖分が米にはないんだよね。だから、糖化させる必要がある。麹は米のデンプンを糖化してくれるんだ」

「…ほう…」

「で、お酒を仕込む元になる酒母は蒸米と麹と水で仕込むんだけど、その造り方には生酛系と速醸系の二つがあるんだ。ざっくり言ってしまうと、違いは乳酸を加えるか加えないか。酒母はその中の酵母をうんと増やしたいんだけど、空気中の雑菌なんかが邪魔するんだよね。それをやっつけてくれるのが乳酸。楓ちゃんがめんどくさいって言ったのは、生酛造りでは自然の乳酸を取り入れる為に山卸って作業が必要で、更に乳酸が増殖するのを待たなきゃいけないからなんだ。その山卸を省いた山廃酛っていう造り方もあるんだけど…」

「ほほう…」

「三葉。そろそろいいんじゃないか？」

三葉は一生懸命秋田の話を聞いていたものの、その眉間には皺が浮かんでいる。話についていけていないのは明らかで、響は気の毒に思って声をかけた。

網の上に並んだ椎茸はじゅわっと汁を溢れさせている。

「ひっくり返せばいいのか？」

「いえ。このまま…かさのところにバターを載せます」

そう言って、三葉は薄くスライスしておいたバターを椎茸のかさに置く。バターの溶ける匂いと椎茸の焼ける匂いが相まって、大変食欲をそそられる。

響と秋田がうっとりした表情で鼻をくんくん鳴らしていると、三葉は焼き上がった椎茸を皿に載せて、それぞれに渡した。

「どうぞ。お醤油を少し垂らして召し上がって下さい」

「最高だな！」

「三葉ちゃん、天才！」

バター醤油味が嫌いな奴を見たことがない…と鼻息荒く言いながら、響と秋田は椎茸に醤油を垂らして齧り付く。熱いですよと三葉に注意されたにもかかわらず、食欲を優先した二人は、叫びながらも必死で食べた。

「あっつ…！　うっま…！」

「あふ…あふ…おいひい…！」

椎茸を口いっぱいに頬張ってもぐもぐ食べる響と秋田に、三葉は続けて石づきも焼けたと言って皿に載せる。石づきは醤油とすだちで食べてみて下さいという三葉の言葉を受けて、二人は石づきに醤油を垂らした後、すだちを搾った。

「…美味いな。これ」

「石づきってこんなに美味しかったんだ！　かさとは味が違うね」

「よかったです」

美味しいと喜んでくれるのが嬉しいと、三葉はにこにこして椎茸を食べて酒を飲む。やはり風味の強い椎茸にも負けない、しっかりした味の酒だと感心した。

「椎茸は美味しいんですが、味が強いので…合うお酒があるかなとちょっと心配だったんですけど」

「合う合う。めっちゃ合うぞ」

「美味しいよ」

椎茸も酒も美味い。うんうんと頷いて椎茸をあっという間に平らげる二人を見て、三葉はつまみでは追いつかないと考え、おにぎりを網に置いた。焼きおにぎりにしようと、握ってあったものだ。

「食べますよね？」

「もちろん」

声の揃った返事を聞き、三葉は網の上いっぱいにおにぎりを敷き詰めた。七輪で焼くことを考えて小さめに握ってあるので、つまみ程度だが少しは腹にたまる。

焼きおにぎりを食べてから、次の酒を…と思ったが、秋田はおにぎりにあわせて飲みたい酒があると言って、奥へ走って行った。

戻って来た秋田は両手に一合徳利を一本ずつ持っていた。カセットコンロに水の入った鍋を置き、その徳利を入れて、火をつける。

湯が沸いたら火をとめ、そのまま徳利は放置し、しばらくしてから引き上げた。とびきり燗といわれる温度になった酒をおちょこに注ぐ。

「三葉ちゃん、熱燗どう？」

おにぎりの焼け具合を見ていた三葉は喜んで秋田からおちょこを受け取った。ふわりと湯気が上がる酒は、熱燗特有のアルコール臭がする。口に含むと鼻の奥までいっぱいに酒の味が広がり、旨(うま)みが抜ける。

「…ん！　…これは…うちのお酒ですね!?」

一口で当ててみせた三葉を、秋田は「さすが！」と褒める。響も手酌で熱燗を飲み、

「俺も分かった」と追随し、秋田が杜氏(とうじ)になる前の酒だろうとも指摘した。

「そうです。響さん、よく分かりましたね」

秋田は違う場所で酒を徳利に注いで来たので、瓶のラベルなどを見たわけじゃない。熱燗でも温度を高めにしたので、元の味が分かりにくいはずなのに…と言う秋田に、響は昔飲んだ味がするからだと答えた。

「葬式や法事で飲んだ酒の味だ」

中学を卒業してすぐに家を出た響は、兄が失踪するまで、正月さえも家に帰らなかった。ただ、祖父母や父の葬儀、法事などには顔を出しており、成人してからはそういう場で酒を飲む機会があった。

出されていたのは当然、江南酒造の鵲瑞だ。お燗につけて出された酒を、親戚や関係者に勧められるまま、さして美味いとも思わずにただ飲んでいた。

「これは俺が杜氏になる…前々年の酒なんですが…、その前の酒もまだ在庫があるんで

す」

「えっ。そんな何年も前のお酒でも飲めるんですか？」

「飲めるよ。日本酒に賞味期限はないからね。熟成させて熟成酒や古酒として販売している蔵もあるし」

「じゃ、これも…」

古酒として販売するのかと聞く三葉に、秋田は残念そうな表情で首を横に振る。

「難しいかなあ。今飲んで貰ったのは売れずに返品されて来たもので…こうやって熱めの燗にするといい感じで飲めると思うんだけど…」

新しい酒を売るのも簡単ではない状況で、昔の在庫までさばくのは困難だと秋田が話すのを聞いて、響は顰め面を浮かべて頷く。そうだよなあ…という相槌は、唸るような声だった。

「実際、三葉ちゃんも響さんも、飲んですぐにうちの酒だというのは分かったけど、さっきみたいに『美味い』とは言わなかったじゃないか。そこなんだよ。第一印象で『美味い』と感じて貰えない酒は、なかなか売れない状況なんだ」

「夕飯時に燗をつけて飲むのが当たり前みたいな時代じゃないからな」

「うちは…うちだけじゃないんでしょうが…、大量消費されるのを前提で酒を造って来てましたから。昔ながらの味を守る…という方針が、流行を追わないという意味であったならよかったんですが、利益を優先する為に製造方法を変えてしまったり…明らかに質が落ちたと判断されてしまうような味にしてしまっていたので…」

かつての酒の話になると、どうしたって響の身内を批判する内容になる。言いにくそうにぼそぼそ話す秋田に、響は苦労をかけるのを詫びた。

「すまん。お前ばかりに負担を…」

「何言ってるんですか。負担ではないですよ。今の俺はある意味好き放題させて貰っているので」

社長が失踪し、杜氏が倒れた江南酒造で、秋田は全てを任された。聡子も響も、好きなようにしてくれたらいいと酒造りには一切口を出さなかったので、秋田はそれまで自分が疑問に思ったり不満に思ったりしていたことの全てを変えた。

生産量は全盛期の三分の一以下になったのに、造りを変えて手間をかけているので、製造期間は同じくらいだ。

初年度は思ったようにいかなかった酒造りも、確実にものになってきている。「味」という形で手応えが得られている現状は、決して辛いものじゃない。

あのまま、「どうして」と不満を抱きながら仕事として続けていたら、成長のない自分にうんざりしてしまっていたかもしれない。

「焼きおにぎり、出来ましたよ！」

秋田が響に感謝を伝えようとしたところで、三葉が出来上がりを伝えた。三葉は醤油味の丸いおにぎりを皿に載せ、「どうぞ」と二人に渡す。

焼きおにぎりを一口で頬張った響は、熱いと美味いを繰り返した。

「響さん。おにぎりを一口でなんて…喉につかえますよ」

「…美味い。秋田、熱燗のおかわり」

おちょこを差し出し、酒のおかわりを注がせた響は、それを飲んで「はあ」と大きな声を上げげた。

「焼きおにぎりと熱燗、合うな！」

「お米とお米です。合うに決まってます…と頷き、三葉も醤油味の焼きおにぎりを頬張る。もぐもぐ食べて、おちょこの酒を飲む。秋田も一緒におにぎりと熱燗を食べて飲んで、三人で美味い美味いと繰り返す声が、七輪から伸びる細い煙と一緒に、すっかり暗くなった空へ上がっていった。

第二話

十月一日は日本酒の日だ。由来は諸説あるが、その一つに米の収穫が始まる十月頃から酒を造り始める蔵が多かった為だという説がある。かつては日本酒の製造期間の指針となる酒造年度も、十月から翌年九月までであった。が、現在は製造の実態に合わせて七月から翌年六月までとされている。

他に、十月が「酉」の月で、「酉」の文字には酒という意味があるからとする説などがある。

その十月一日。江南酒造では朝から酒造安全祈願祭の準備が行われていた。

毎年、鵲神社から神職を迎えて執り行われる酒造安全祈願祭では、江南酒造にある建物の中でも一番古くからある東蔵で全員揃ってお祓いを受ける。東蔵には創業当時から祀られている祠があり、その前で神事を行うのが慣わしだ。

事故なく無事に酒造りが出来るように。美味しいお酒が醸せるように。そんな願いを込めて、祠の前には神饌が並べられた。

米、酒、塩、水…更に餅、魚に野菜、果物、菓子などを載せた三方を、三葉は聡子と一緒に東蔵へ運び入れた。

「…よし。こんな感じかな。三葉ちゃん、ありがとう」

「いえ。奥様、御榊はこちらでいいですか？」

「そうそう」

神事で使う榊を置く位置を三葉が聡子に確認していると、「母さん」と呼ぶ響の声が聞こえた。ネクタイをしめ、江南酒造の名前入りの法被を着た響は、ずらりと並んだ神饌を見てもう終わったのかと言った。

「手伝いに来たんだが」

「三葉ちゃんがいるから大丈夫よ」

「…ん？　なんか…いつもと違わないか…？」

祠の前に設えた神饌置き場を眺め、響は首を傾げる。響が酒造安全祈願祭に参加するのは四度目だ。毎年、同じ場所に供えられる神饌を見て来たが、何かが違う気がする。

何が違うかというと。

「あれだ。なんだか…果物と菓子の量が多くないか？」

神饌は種類ごとに分けて三方に載せられているのだが、その中でも果物と菓子の量が今までよりも明らかに多い。

果物はりんごやバナナ、メロン程度だったのが、パイナップルにマンゴー、シャインマスカット、梨、いちじく、キウイフルーツといったバラエティ豊かな内容になっており、三方に載せきれないものはその周囲を固めるようにして置かれている。

菓子も同じく、地元の銘菓が箱で置いてある程度だったのに、クッキーにマカロン、チョコレートにポテトチップス、せんべいや麩菓子まで。山のように積まれているのを確認し、響は明らかにおかしいと指摘した。

「どうして…こんなに？」

「それは…ね。三葉ちゃん」

怪訝そうに尋ねる響に苦笑いを返し、聡子は三葉に呼びかける。三葉の表情は硬いものになっており、目を泳がせながら「すみません」と詫びた。

「その…あの、…これは…ですね。お供えが多いと…喜びますので…」

「誰が？」

「それは…あの…」

言い淀んだ末に、苦し紛れに「神様？」と口にする三葉に、響は呆れる。神事が終われば神饌はお下がりとして頂戴する。それを知って、あれこれ聡子にねだったに違いないと考え、三葉に助言する。

「食べたいなら遠慮なく言えばいい。神事じゃなきゃ買って貰えないなんてことはないんだぞ」

「いや、その…三葉が食べたいとかではなくてですね。その…祠へのお供えは…あれなんですよ」

「何があれなんだ？」

「ですから…皆が喜びますので…」

　皆って誰だと響が聞こうとした時、「響さーん」と塚越が呼ぶ声がした。神主さん来ましたよーと続けられたのに「分かった」と返し、三葉との話を切り上げて、東蔵を出て行く。聡子と三葉も神事に参加しなくてはいけないので、用意の為に一度母屋に戻った。

　間もなくして始まった酒造安全祈願祭は、響と秋田、聡子に中浦、塚越、高階、三葉という江南酒造関係者全員が集まる中で、つつがなく行われた。

　神職が祝詞を奏上し、順番に玉串を捧げた後、二拝二拍手一拝する。全員が間違えないように緊張していたので、終わった時には大きな溜め息が響いた。

「榊の回すやつって何回やってもよく分かんねえよな」

「俺、間違えたかもしれません…」

「高階さん、三葉もです…」

　何度も聡子から教えて貰ったのに、いざとなると榊をどっちに回せばいいか分からなくなったと打ち明ける三葉に、高階は「俺もだよ！」と高い声で同意する。二人で慰め合っていると、塚越が無意味な自慢をする。

「間違えたって分かるってことは、ちゃんとしたやり方が分かってるってことだから、大丈夫だ」

「楓（かえで）さんは間違えなかったんですか？」

「元から正しいやり方が分かんない」

　だから、なんとなくやってる。自信満々に言い切る塚越に、高階と三葉は励まされた気分になった。それに。

「楓ちゃーん、海斗（かいと）ー。米洗うから来てくれ」

　祈願祭が終わるのを待ち構えていたかのように、仕事を始めようとしている秋田が二人を呼ぶ。塚越と高階は分かりましたと返し、作業着の上に着ていた法被を脱いで三葉に預けた。

「片付けといて」

「分かりました！　お二人とも、頑張って下さい」

「三葉ちゃんも、お供えの片付け、頑張って」

　お任せ下さいと請け合い、走って東蔵を出て行く二人を見送る。神職を送りに行っていた聡子が戻って来ると、一緒に片付けを始めた。並んでいた三方を順番に母屋へ運び、椅子を片付け、机を畳む。

　祠の前に設けられていた神事用のしつらえが全てなくなり、いつも通りの状態に戻ると、聡子は改めて祠に向けて頭を下げ、柏手を打った。三葉もその後ろで手を合わせる。

「…どうか…お願いします」

長い間祈っていた聡子から漏れた声は切実だった。皆が無事で、美味しいお酒が出来るように願う気持ちは強いものだ。

姿勢を正し、振り向いた聡子に、三葉は真面目な顔で告げる。

「奥様。大丈夫です。三葉がうんとおまじないをかけておきますから」

「あら。よくきくやつ？」

「もちろんです！　…あ…でも…三葉のおまじないは『当たる』んですが、色々難しい場合もございまして…」

思い通りになるかどうかは分からないけれど、たぶんききます…と言う三葉に、聡子はにっこり笑う。

美味しいお酒が出来たら一緒に飲みましょうねと言う聡子に、三葉は満面の笑みで大きく頷いた。

一麹二酛三造り。酒造現場でよく使われるこの言葉は、酒造りで大事なことを伝えている。何よりもまず、麹造り。そして酒母と言われる酛造り。それらがしっかりしていてこその、醪（もろみ）造りである。

日本酒を造るにはまず、精米した米を丁寧に洗い、水分を吸わせる為に浸漬（しんせき）する。その米を蒸して蒸米を作り、種麹をふりかけて繁殖させて麹にする。それと蒸米、水に酵母を加えて酒母を造る。その酒母に、何段階かに分けて更に麹、蒸米、水を加えて醪を造り、発酵させたそれを搾ってようやく日本酒となる。

仕込みが始まった江南酒造では、前日に洗米して浸漬し、水を切っていた米を使って、蒸米を作る作業が早朝から始まろうとしていた。

五時半に目覚ましをかけて起き、寝ぼけ眼で着替えを済ませた響が一階へ下りると、三葉が待ち構えていた。

「おはようございます！」

「わっ…びっくりした。もう起きてたのか？」

「今日からお米を蒸し始めると聞きましたので…」

いてもたってもいられない気分で目が覚めてしまい、四時から起きているのだと、三葉は早朝とは思えない輝いた顔付きで答える。

「奥様から一度戻られて朝食を食べると聞いておりますが…」

「ああ。甑（こしき）で蒸してる間に食べる。秋田も来るから…」

「承知しております。しかし、響さん。秋田さんもこちらへ泊まられた方が便利ではないですか？　部屋はたくさんありますし」

　本格的に仕込みが始まる為、秋田は昨夜から事務所のある棟の宿泊所に泊まり始めた。

　かつては杜氏と共に大勢の蔵人が住み込みで働いていたこともある江南酒造には、従業員専用の宿泊所がある。

　秋田は仕込みの間、ずっとそこに泊まりきりになるし、繁忙期には高階も利用する。その為、三葉は聡子と一緒に部屋や風呂の掃除、布団の準備などを調え、快適に過ごせるようにしたのだが。

　十人以上が泊まれるような広い宿泊所に一人というのは寂しそうだ。いっそ母屋へ…と提案する三葉に、響は反論する。

「部屋があっても俺たちが始終一緒だと気を遣うだろう。あっちの方が気楽なはずだ」

「そうでしょうか…」

「楓はこっちに泊まるから、その時はよろしくな」

　塚越は女性なので聡子のいる母屋に泊まることになっている。それを聞いた三葉は嬉しそうに「はい！」と返事した。

　響が行って来ると言いかけた時、聡子が姿を見せた。初日だから気になって起きて来たようだ。三葉も起きているのを見て、見学を勧める。

「三葉ちゃん。『甑立て』だから、見て来たら？」

「こしきだて？」

「仕込みに入って初めて蒸米を作るのをそう言うの」

「でも、三葉は朝ご飯の準備が…」

「私だけで大丈夫よ。あ、そうだ。三葉ちゃん用の作業着も届いてるから」

ちょっと待って…と聡子は響に頼み、三葉を連れて奥へ向かった。間もなくして戻って来た三葉は、江南酒造のマーク入り作業着を着て、帽子まで被（かぶ）っており、嬉しくてたまらないといった様子で破顔していた。

「似合うぞ」

「本当ですか？　ありがとうございます！」

「大きいサイズの作業着しかなくて、取り寄せて貰うように頼んでおいたのよ。ちょうどいいわね」

娘の晴れ着姿でも見ているかのように顔を綻ばせ、聡子は三葉を誘って玄関へ向かう。これもあるわよと言って聡子が取り出したのは、白い長靴だった。酒造りは水を多用する仕事だから長靴は欠かせない。

ピカピカの長靴には蔵で履き替えるように言われ、三葉はそれを両手で大事そうに持って、「行って参ります！」と挨拶する。ランドセルを背負った新一年生みたいにわくわくしている三葉を連れ、響は蔵へ向かった。

十月の早朝。山から下りて来る夜気が蔵や母屋を包み込み、屋外へ出ると冬を思わせる寒さを感じる。東に昇る太陽の光はまだ届かない。うっすらと闇が薄まりつつある空には星が見える。

響に続いて中庭を渡り、蔵を目指す。外からでも電気が点っているのが分かり、蔵の中では秋田が釜の火をつけて米を蒸す準備を始めていた。

「おはようございます！　秋田さん、早いですね」

「おはよう、三葉ちゃん。響さん。米を張りますんで」

「分かった」

秋田に挨拶した三葉は、違和感を覚えて戸惑いを浮かべる。いつもなら秋田は新しい作業着に気づいて何か声をかけてくれるのに。おはようと返してはくれたものの、自分を見ていなかった気がする。

もしかして、これが塚越の言った「鬼」というやつなのか。

「気にするな」

三葉の困惑に気づいた響は、そっと声をかけてから秋田を手伝い始めた。秋田の指示を仰ぎながら、昨日、洗米して浸漬しておいた米を蒸す為に甑へ運んでいく。

甑は蒸米作りで使われる巨大な蒸し器だ。かつては杉材で作られた桶が使われていたが、今は金属製のものが大半で、江南酒造でもステンレス製の甑を使っている。身体の大きな響でもすっぽり入ってしまえそうな巨大な円筒形の蒸し器からは白い湯気が上り始めている。

それを三葉は首を曲げて見上げた。

「こんなに大きな蒸し器なら…たくさんお米が入りそうですね」

呟く三葉の横では目の細かい網の袋に入った米を響が運んで来て、台の上に乗った秋田に渡すという連係プレーが続けられていた。秋田は受け取った米を蒸気が上がる甑の中へ張っていく。

予定されていた量を運び終えると、響は三葉の横に立って、湯気の状況を確かめている秋田を一緒に眺めた。

「響さん。あの湯気はどこから出てるんですか？」

「あの下にある釜からだ」

「なるほど。お釜で湯を沸かして…蒸気を送ってるんですか」

「あの蒸気が安定して来たら、上に布を被せる」

響がそう説明すると、秋田が彼を呼ぶ。甑の中から外へ出ていた麻布を内側へ入れ込んだ秋田は、台に上がって来た響と共に、蓋布を被せた。もうもうとしていた蒸気が遮られ、布が膨れ上がる。

秋田は同じ体勢で布から漏れ出る蒸気を見つめていたが、響に促されて台を下りた。蒸し上がるまでには一時間ほどかかるし、その間に飯を食おう…と響は秋田を誘う。

「ですが…」

「蒸し上がったら忙しいし、その前に食った方が絶対いい」

「そうですよ。秋田さん。朝ご飯は食べないと」

初日だけに気になるらしく、乗り気でない秋田を二人は強引に母屋へ連れて行き、聡子が支度していた朝食を食べるように勧めた。

白ご飯に里芋と大根、揚げの味噌汁。ベーコンエッグにレタスとトマト。ひじきに切り干し大根。ほかほかの炊きたてご飯を茶碗についで渡した聡子に、秋田は軽く頭を下げただけで、何も言わなかった。

黙々と、しかも高速で朝食を食べ終え、「ごちそうさまでした」と手を合わせる。

「響さん。先に行ってます」

「おう。俺も食ったら行く」

蔵へダッシュしていく背中を見送り、三葉は悲しそうな表情で、聡子に訴えた。

「奥様…秋田さんが…秋田さんが…！」

「三葉ちゃんが来たのは、仕込みが終わってからしばらくした頃だったものね。秋田くんはね、仕込みに入るといつもあんな風なのよ」

「楓さんが…秋田さんは鬼になるとおっしゃっていたんですが…」

「確かに鬼だな。酒の鬼」

シニカルな笑みを浮かべて言う響を、聡子が窘める。

「秋田くんが鬼になってくれるから美味しいお酒が造れるんでしょう」

「確かに」

笑ったのを反省し、響は茶碗のご飯を平らげる。おかわりを三葉につがせ、ベーコンエッグの端っこを箸で摘まんで大きな口を開けて飲み込む。ぴかぴか白米のおかわりにはひじきをどっさり載せて、一気にかきこんだ。

秋田に負けないスピードで食事を終えた響は、ごちそうさまを言いながら立ち上がる。

「お前もあとで来いよ。蒸米、食わせて貰えるぞ」

「行きます！」

響に誘われた三葉は喜んで返事し、急いでご飯を食べる。そんな風に食べたら噎せてしまうわよ…と聡子は心配し、朝食の後片付けは気にしなくていいからと言った。

「私がやっておくし、三葉ちゃんは見てらっしゃいな」

「ありがとうございます！」

蒸米への興味の方が大きく、三葉は遠慮することも忘れ、礼を言う。茶碗を空にし、味噌汁でおかずを流し込んで、「行って来ます！」と威勢よく挨拶して母屋を飛び出した。

すると。

「……！」

朝一番に響と母屋を出た時にはなかった匂いを鼻に感じて、三葉は目をまんまるにする。

蔵から漂って来るのは、米を蒸している匂いだ。

お腹いっぱいご飯を食べたばかりなのに、食欲をそそられるような…すごくいい匂いだ。

「ふう…」

目を閉じ、うっとり匂いを嗅いでいた三葉は、「おはよー」と挨拶されてどきりとする。

きょろきょろ見回せば、蔵の前にいる塚越が大きく手を振っていた。

「楓さん！」

早いですねと言いながら近付いた三葉の格好を見て、塚越は作業着がよく似合っていると褒める。塚越も三葉と同じ、江南酒造のロゴ入り作業着を着ていた。

「奥様が三葉のサイズで注文して下さいました」

「いいじゃん。よしよし。これで三葉も働けるな」

「頑張ります！」

そこへ「おはようございます」と高階が挨拶しながらやって来た。米の蒸し上がる時間に合わせ出勤して来た二人と共に、蔵の中へ入るとさっきとは全然違う光景が広がっていた。釜から上がるもうもうとした湯気で蔵中が真っ白になっている。

外で感じた蒸米の匂いよりもとても濃い。塚越が「おはよーす！」と大きな声で挨拶すると、響が「こっちだ」と二人を呼んだ。塚越と高階は手洗いを済ませて、長靴に履き替え、響の元へ向かう。

三葉は蔵内をきょろきょろ見回し、甑の横に立っている秋田を見つけてそっと近付いた。声はかけないでおこうと思っていたのだが、秋田の方から「三葉ちゃん」と呼んでくれる。

さっきよりも表情が柔らかい。三葉はほっとして「どうですか?」と聞いた。

「うん。いい感じだよ。毎年、米の良し悪しが分かる甑立ては緊張するんだけど、この匂いなら悪くないと思う」

「そうなんですか? いい匂いです」

いいか悪いかは分からないが、とにかくいい匂いだと鼻をひくひくさせる三葉を見て秋田は笑う。子犬みたいだねと言う秋田には、ちょっと余裕がありそうだと判断し、三葉は質問した。

「お米を蒸した後はどうするんですか?」

「まず冷ますんだよ」

「えっ。せっかく蒸したのに?」

ご飯だって炊きたてが美味しいのに。疑問を口にする三葉に、秋田は次の工程ごとに適切な温度があるからだと答えた。

「蒸米は麹と掛米とに使うんだけど…」

「麹というのはこの前お聞きした、種麹をふりかけて造るあれですね」

「そうそう。蒸米はその麹に使うものと、掛米に使うものがあるんだ。掛米には酒母用と醪の仕込み用に使われるものがあって、今回は全量麹に使うから蒸米の温度を三十度くらいまでに冷ますんだよ」

三葉に説明しながら秋田は時計を見て、「響さん！」と湯気の向こうへ呼びかけた。蒸し上がったから下がっているように三葉に言い、すぐにやって来た響と共に蓋布を外す。蒸台の上に乗り、甑の中へ手を突っ込んだ秋田は、中から蒸米を取りだして手でこね始めた。不思議そうに見ている三葉に、響があれは「ひねりもち」というのだと教える。

「ちゃんと蒸せてるかどうか確認するんだ」

「はあ…」

またしても難しげな表情になっている秋田を、三葉は遠巻きに見ていたのだが、無言で手招きされたので急いで近付いた。

「こんな感じで…出来を見るんだよ。芯が残っていたりしたらまずいから」

「どうですか？」

「大丈夫」

そう言って、秋田はもう一度甑に手を入れて、掴んだ蒸米を三葉に差し出した。

「食べてみたいって言ってただろ？」

「はい！」

蒸した酒米はどんな味がするのだろう。そんな言葉を覚えていてくれたのを嬉しく思い、三葉は受け取った蒸米を口に含む。

「飯米みたいに美味しくはないと思うんだけど。味がない感じじゃない？」

「いえ！　美味しいですよ。あっさりしていますけど…甘いです。もっちりしてる普通のお米とはちょっと違う、素朴な甘みが感じられます」

はぐはぐ食べ、掌に残した蒸米を見つめる。つやつやしていて一粒ずつが際だっている感じだ。これがお酒に…と呟く三葉に、響が離れていろと指示を出す。

その手にはスコップのようなものが握られており、三葉は怪訝そうに響を見た。

「それは…」

「これで米を掘るんだ」

「掘る？」

お米に「掘る」という言葉は普通は使わない。不思議そうに首を傾げた三葉の横にバケツを持った塚越と高階が現れた。

一体、何が始まるのかと見ていると、台の上に乗った響がスコップで甑の中から蒸米を「掘り」出して、塚越たちが持って来たバケツに入れていく。それを秋田と塚越と高階の三人で奥に用意したさらしを引いた板の上へ運んで広げる。

響が「掘る」と言ったのに納得しつつ、三葉はスムーズに動く四人の動きを眺めていた。

全員、自分の仕事を分かっていて、指示がなくても的確に働いている。もわもわとした湯気の上がる蒸米をほぐしているのは秋田だけじゃない。塚越も高階も、手早く同じような動きをしている。

何か手伝えることがあれば…と思ったものの、皆が忙しそうで声をかけられなかった。全員が怖いくらいに集中している。恐らく、急いでやってしまわないといけない作業なのだろう。

三葉はそう判断し、そっと蔵を出た。役に立てなかったのは残念だが、邪魔をするわけにはいかない。聡子の手伝いに戻ろうと決めて小走りに母屋へ向かった。


醸造酒とは糖分を原料として酵母がアルコール発酵を行うことで「酒」になったものを指す。ワインならブドウの糖分、ビールなら麦芽の糖分が原料となるが、日本酒の原料である米には糖分がない。そこで米のデンプンを糖分に変える必要がある。その糖化の役割を果たすのが麹だ。

蒸米に麹菌を繁殖させる製麹(せいぎく)作業は二昼夜半近くの時間を要する大変手間のかかる仕事だ。酒の出来を左右する基本の作業でもあるから、その年初めての麹造りは緊張もする。

誰もが三葉がいなくなったのに気づかないほど、夢中になって仕事をしていた。

母屋へ戻った三葉は、聡子と共に家事をこなし、皆の為にいつも以上に心を込めて昼食をこしらえた。あんなに一生懸命働いているのだから、お腹が空くに違いない。三葉の予想通り、昼になって母屋に姿を見せた響たちは口々に空腹を訴えた。

「やっぱ仕込みに入ると動くから腹が減るな」

「朝、ちゃんと食べて来たんですけどね」

「三葉ー。あたし、ご飯大盛りー」

「三葉ちゃん、俺もー」

「はい！　皆さん、大盛りで！　おかわりもたくさん用意してますから、食べて下さいね！」

どさどさと座布団の上に腰をおろし、一斉に箸を動かし始める一同に、三葉は茶碗と汁椀を配って回る。

豚肉の生姜焼きに半熟目玉焼き。ポテトサラダ、ケチャップ炒めのスパゲティ。ツナ缶入りのにんじんしりしりにさつまいものレモン煮。美味しそうなおかずがこれでもかと大皿に盛られている。

「三葉のポテトサラダ、マジで美味い」

「本当だよな。コクがあるっていうか……」

「そりゃそうよ。すごく手間がかかってるものー」

ポテトサラダを食べて感動する塚越たちに、三葉の作り方を見ている聡子は普通に見えて普通ではないのだと説明する。

「私なんかだったら、おいもを茹でて潰したのをマヨネーズで和えて、きゅうりとハムを切ったのを混ぜるくらいなんだけど、三葉ちゃんはベーコンの塊を切って丁寧に炒めて出した脂を混ぜてるのよ。だからコクを感じるんだわ」

「あ、そうか。これハムじゃなくて、ベーコンだ」

「あと卵も茹で時間をちゃんと計って半熟にして混ぜてるし…アクセントに千切りにした大葉を入れてるのもいいわよね」

自分の大雑把なポテトサラダとは比べものにならないと言いながら、聡子はぱくぱくポテトサラダを食べる。褒められた三葉は照れつつも、たくさん作ってあるので夜にも出しますからと付け加えた。

「夜も三葉のご飯か…。太りそうだな」

「あら。私が作ったくらいがちょうどいい？」

「いやっ、そういう意味じゃ…！」

決して聡子の料理にケチをつけているわけではないと、塚越は慌てて否定する。十分美味しいが、三葉がそれにプラスして来るし、品数も多くなってるじゃないかという指摘には、聡子も同意した。

「そうなのよね。作りすぎかしら……」

「いや、そんなことない」

「全然」

「大変結構な感じです」

とんでもないと全員が首を振り、昼食をぺろりと平らげる。デザートに出されたりんごを食べながら、作業の予定を話し合い、仕事へ戻って行った。

仕込みに入る前は一時までは休憩として、座敷でごろごろしたりしていた皆が一斉に蔵へ行ってしまったのに、三葉は少し寂しさを覚えていた。

その表情から三葉の気持ちを読み取った聡子は、一緒に洗い物をしながら蔵を手伝いに行くかと尋ねる。

「作業着もあるし。こっちは私がやっておくから大丈夫よ」

「……。いえ」

響たちと働きたいという気持ちはある。酒造りに興味があるし、何より、仲間に入れて貰えたら楽しそうだ。

けれど、自分は蔵元代理である響から、聡子を手伝うように言われたし、聡子には自分の助けが必要だとも感じている。七人分の食事を聡子一人で作るのは決して簡単ではない。

聡子がまた倒れるような事態はあってはならないのだ。

「奥様をお助けするのが三葉の仕事ですので…響さんや秋田さんから呼ばれましたら行かせて頂きます」

　母屋の仕事を全うすると言う三葉の表情は残念そうにも見えて、聡子は「いいの？」と聞く。唇を引き結んで頷く三葉の真面目さを好ましく…そして、少し可哀想に思いながら、聡子は酒造りに関わる蔵人には役割分担があるのだと話し始めた。

「杜氏っていうのは監督みたいなもので、その下には頭って蔵人さんたちをまとめる人がいて、蔵人さんたちも、麹を作る麹屋さん、酒母を作る酛屋さん、蒸米を作る釜屋さんって感じに専門の仕事があるのよ。うちは一度、皆いなくなってしまったから、そういうシステムがなくなって、秋田くんの指示に従って皆が出来ることをなんでもやるって風になってるんだけどね」

　そういう役割分担の中に「飯屋」というのがあるのだと、続ける。

「ままや？」

「そう。ご飯の飯に屋で、ままや。まかないさんって言った方が分かりやすいかしら。食事だけでなく、お風呂なんかのお世話もする係なんだけどね。昔、杜氏さんが蔵人さんたちを引き連れて蔵入りしていた頃は半年近く寝泊まりするから、自分たちの世話をする飯屋さんを連れて来てたりしたんですって」

「だからね。私と三葉ちゃんは秋田くんたちの『飯屋』なのよ」

「……！」

自分たちも秋田たちと同じように酒造りに参加している蔵人なのだという聡子の話を聞いて、三葉ははっと息を呑む。役に立てないとへこんだりもしたけれど、自分も蔵人の一員だったとは。

「三葉も…蔵人ですか？」

「もちろん」

笑って頷く聡子の前で、三葉は嬉しそうに破顔する。思い切り口元を緩めて、頬を赤くして、うんうんとお団子を揺らして頷く三葉の目はキラキラしていた。聡子は三葉を元気づけられたのに安堵して、「ところで」と相談する。

「晩ご飯、何にする？」

飯屋として腕の見せ所だと張り切って、三葉は夕食の献立を次々と提案した。

江南酒造で仕込みが始まるのを待ち構えていたかのように、一気に秋が深まった。朝晩はうんと冷え込むようになり、冬の足音が日増しに大きくなる。冷たさの宿る空気に肌が引き締まる。

まだ真っ暗な内に蔵へ入り、釜に火を入れる。うっすら夜が明け始める頃、屋根の上に白い湯気が上がる。毎日それぞれが休みなく仕事をこなし、三葉と聡子が丹精込めて作ったご飯を食べる。

夏の間とは違う、緊張した空気の流れる江南酒造を、雲母ホテルグループ管理部の伊丹が再訪したのは、十月も終わりが見えかけた頃だった。

相談があるとのことだったが、ついでに仕込みの様子が見たいという要望があったので、中浦が蔵を案内した。四人で仕事を回しているから余裕はない。秋田は合間に挨拶するのが精一杯で、事務所へ移動して中浦と響で伊丹の話を聞くことになった。

「お忙しいところへ押しかけてしまい、すみませんでした」

「いえ。秋田も伊丹さんと話したいと思うんですが…何分、うちは人が少ないので…」

失礼を詫び、相談というのは秋田でなくてもいいかと確認する。酒の内容に関するような話なら、やはり秋田を連れて来た方がいい。

尋ねる響に、伊丹は大丈夫だと伝える。

「電話でもよかったのですが、僕が仕込みの様子を見たかったものですから。相談というのは…デパートでの催事に出ませんかというお誘いなんです」

「デパート…というと」

「名古屋市のナカシマヤです。ただ、ちょっと日程が押し迫っていまして…来週末なんです」

「えっ」

確かにそれは押し迫っている。中浦と響は揃って驚き、どういう事情があるのか尋ねた。そもそもホテルの人間である伊丹がどうしてデパートの催事へ誘うのか。二人の疑問はもっともだと、伊丹は説明を始めた。

「催事と言っても大きなものではなく、地下のリカーショップに設けた特設売り場で金土日の三日間、行うものです。週替わりで日本酒やワイン、ビールなどを紹介しているんですが、来週出店予定だった酒蔵さんが出られなくなり、急遽、別の酒蔵さんを探しているとのことだったので、江南酒造さんを推薦したんです。デパートの担当者と知り合いでして」

どうでしょう？　と意向を聞く伊丹に、響はぐいと前に出て「やります！」と力強く返事する。いい機会だと喜ぶのは分かるが、急過ぎると中浦は困惑した。

「準備もありますし…それに、今は仕込みがあるから…響さんは出かけられないでしょう？」

「あ…」

秋田の酒を世に広める為なら、何でもするという気持ちは強い。しかし、仕込み中の蔵を離れられないのも事実だ。

代わりに行ってくれないか…と言いかけたが、中浦は営業には全く不向きである。従来の取引先である酒販店への営業でさえ評判の芳しくない中浦が、一般の消費者相手に酒を売って成果を残せるとは思えない。かといって蔵の仕事を手伝って貰うのは、それ以上に無理を感じる。

困る二人に、伊丹は三葉がいるじゃないかと指摘した。

「三葉さんならデパートの売り場でも十分に務まると思いますよ」

確かに…三葉ならうまくやるだろう。しかし。

「さすがにあいつを一人で行かせるのは…」

それはちょっと無謀だ。ならば、中浦と三葉の二人で行くか？　いや、それもなかなか…と悩んでいたところへ。

「中浦くん…あ、ごめんなさい。お客様だった？」

事務所の引き戸を開けて中浦を呼んだ聡子は、客人である伊丹と一緒にいるのを見て、慌てて詫びる。そのまま、戻って行こうとするのを、響が「母さん」と呼び止めた。

ちょっと。手招きされた聡子は、戸惑いながら事務所へ入り、引き戸を閉めて三人のそばへ近付く。響は立ち上がって別の椅子に座り、空いた席に聡子を座らせた。

「こちら、雲母ホテルグループの伊丹さん。…うちの常務です」

「雲母ホテルって…ああ！　お世話になっております－。うちのお酒を扱って下さり、ありがとうございます。あの、常務なんて名ばかりなので」

本気にしないで下さいねーと焦る聡子は、響に目だけで「どういうつもりなの？」と尋ねる。地元の付き合いや商工組合の役職など、聡子がこなしている仕事は多々あるが、営業に関してはほぼノータッチだ。

常務というのも肩書きだけなので、紹介されても困る。そんな本音を顔に大きく書いて見せる聡子に、響は「頼みがあるんだ」と切り出した。

「頼み…？」

「三葉とデパートに行ってくれ！」

「…お使い？」

何か買って来いってこと？　とぼけた反応を返す聡子に、中浦が違うと否定する。

「デパートの催事でうちの酒を売るんだ」

「えっ」

「販売は三葉がうまくやるから大丈夫だ。母さんはあいつじゃ覚束(おぼつか)ないところをフォローしてくれればいい。俺が行けたらいいんだが、今は無理だし」

「今って…いつの話なの？」

「来週末」

聡子は再度「えっ」と声を上げて絶句する。目を丸くしたまま固まり、どう断るかを考えているらしい聡子に、響はたたみかけた。

「三葉一人に任せるのは可哀想だろう？」

「それはそうよ。そんな、三葉ちゃん一人なんて…」

「中浦さんじゃ無理だろう？」

「そう…ね。中浦くんは…向いてないわよね」

「母さんしかいないだろう？」

「そう…え？」

どうしてそうなるのか。首を傾げたままでいる聡子を放置し、響は伊丹に催事の件を引き受けると返事した。どうぞよろしくお願いしますと、響と中浦は伊丹に頭を下げる。

その間で聡子は苦笑いを浮かべて目をきょろきょろさせていた。

トントン拍子で決まったデパートの催事出店に聡子は乗り気ではなかったが、三葉は違った。その夜。秋田も一緒に食卓を囲んだ夕飯の席で、響から売り子に任命された三葉は、飛び上がらんばかりに大喜びした。

「デパートでうちのお酒を売るのですか！　それに三葉が行かせて貰えるのですか！　いいのですか!?」

「もちろんだ。俺は行けないから母さんと行ってくれるか」

「かしこまりました！…ですが、響さん。三葉と奥様が出かけてしまったら、誰がご飯を…」

「三日くらい、なんとでもなる。それよりうちの酒を広めて来てくれ」

「分かりました！」

いっぱい売って来ます！　と三葉が答えるのを聞き、秋田は販売する酒の種類を考えなきゃいけないと悩む。デパートで売るならば、花火大会とは違って多種類の酒を展開出来るはずだ。

「うちから直接搬入するんですよね？」

「ああ。詳細は明日、担当者から連絡が来るって話だ。売上がよければ、リカーショップに置いて貰えるかもしれない」

デパートから注文を貰えるよう、頑張って売ってくれと響に言われた三葉はお団子を激しく揺らして頷く。やる気に満ち溢れた三葉に対し、聡子は物憂げだった。

環の失踪後、若奥様として奥向きの限られた手伝いしかしてこなかった聡子も、表に出て仕事をしなくてはならなくなった。一時は酒販店との取引も担当したりしていたが、その中で苦い経験を何度もしたから尻込みしてしまうのだ。

その上、一般の消費者に直接酒を売ったことはない。会社が傾く前は、デパートの催事などに参加するのは営業や広報の担当者の仕事だった。

売り子未経験の自分で大丈夫なのかと不安に思う聡子に、三葉は「安心して下さい」と胸を叩いた。

「奥様はいて下さるだけでいいので…三葉が頑張ります！」

「三葉ちゃん…ありがとう。私も足を引っ張らないように頑張るわ」

「大丈夫ですから。それより、一つ、三葉は気になってるんですが」

「何？」

「デパートって…スーパーとは違うんですよね？」

三葉が口にした素朴な疑問を耳にした三人は無言になる。

響は三葉を初めてスーパーマーケットに連れて行った時のことを思い出した。スーパーにさえ「ふわあ」と感動していた山奥育ちの三葉を、デパートに連れて行ったらどうなるんだろうと想像したのだが。

連れて行くどころか、売る側になるとは。

「デパートは…うん。スーパーとは違うね」

「高級なものがいっぱい売ってるのよ」

「都会にあるしな」

「ほう…」

三人の説明を聞いた三葉は目を細めて頷く。分かっているのかいないのか。分かってい

ない確率の方が高いなと思いつつ、響はやはり三葉と聡子の二人に任せるのは無理があるだろうかと頭を悩ませた。

デパートの催事担当者から連絡が来た後、中浦がホテルや新幹線を手配し、秋田は売り場のスペースなどを考えて販売する酒を用意した。それを発送する前に三葉を呼び、どういう酒であるのかを説明した。

「三葉ちゃん、いい？　デパートのお客さんは花火大会のお客さんとは根本的に違うと思った方がいい。美味しいですよと勧めるだけで買ってくれる人もいるかもしれないけど、とっても詳しい人がいる可能性が高い」

「詳しい…というと、お酒にですか？」

「ああ。味の甘辛、濃淡…大吟醸、吟醸、純米といった特定名称酒の違いなんかを聞かれるのはもちろんだけど、どういう酒米なのかとか、掛米と麹米の歩合とか、生酒なのか

生貯蔵酒なのか生詰めなのかとか、酵母は何かとか…とにかく、やたら詳しい人がいるんだ。そういう人に説明を求められた時の為に…勉強しよう」

「分かりました…」

返事をしながらも、三葉の顔には不安が満ち溢れていた。勉強したところでちゃんと答えられるだろうか。ドキドキする三葉に、秋田は高階が紹介用のちらしを作ってくれていると付け加える。

「答えられなかったらそれを渡せばいいよ」

「ありがとうございます！」

覚えられるかどうかが心許なかった三葉はほっとして礼を言う。それから、三葉は秋田からデパートで売る酒の内容についてレクチャーを受けた。その内容をメモした紙を肌身離さず持ち、毎日の隙間時間に繰り返し読んで暗記した。

そして、催事が行われる前日の木曜日。聡子と共にデパートのある名古屋へ旅立つことになった。

「ホテルの名前と場所、覚えたか？　分からなかったら中浦さんに電話しろよ」

「大丈夫よ。名古屋は何度か行ったことあるし。それより、土曜の午後には来られるって本当？」

「ああ。秋田が段取りを変えてくれたから…土曜の朝にこっちを出る。それまで頼むぞ、三葉」

「かしこまりました！」

さすがに聡子と三葉の二人で三日間を乗り切るのは無理があるのではないかという話になり、響が手伝いに行けるように秋田が都合をつけた。本当ならば途中で、秋田と響の二人にバトンタッチ出来ればよかったが、秋田は蔵を離れられない。

「俺が行くまでの間、何とか頑張ってくれ」

頷く二人を響は鵲駅まで送り届け、スーツケースを引いて改札へ入って行く姿を見送る。まるで母子が旅行にでも出かけるような後ろ姿だったが、漂う緊張感がただならぬ雰囲気を醸し出していた。

ホームにやって来た電車に乗り込んだ三葉と聡子は、空いていた席に並んで座る。二人揃って、邪魔にならないようスーツケースを前に置いて持ち手を支えた。

「奥様。終点まで行ったら、新幹線に乗り換えるんですよ」

「ええ。三葉ちゃん、この前新幹線に乗ったわよね？」

「はい。東京へ行きましたから」

「だったら、乗り換えは任せて大丈夫ね。私、新幹線なんか乗るの、久しぶりで」

「えっ。でも、先ほど響さんに何度か行ったことがあるから大丈夫って…」

「若い頃の話なのよー。大丈夫って言わないと、響に心配かけるかなと思ってー」

心配をかけたくないという聡子の気持ちは分からないでもないが、だからといって、自分に期待されても困る。そんな本音を口に出せないまま、三葉は神妙に頷いた。

東京に行った時は響の後を引っ付いて行けばいいだけだったので、正直、大きな響の背中しか記憶にないが、自分が何とかしなくてはならない。

必死で思い出しながら案内表示を見つつ、何とか新幹線の乗り場に辿り着いた。名古屋は東京よりも近い。中浦が手配してくれた新幹線に乗って小一時間もせずに到着した。

「奥様。名古屋も東京みたいですね！　ビルがいっぱいあります！」

「そうねえ。私が知ってる名古屋とはすっかり変わっちゃって…ふふ。ホテル、見つかるかしらー」

「奥様、しっかり！」

改札を出てすぐにどっちへ行けばいいかと悩み始めた聡子を三葉は真剣に励ます。ホテルに荷物を置いたらナカシマヤの担当者と会う約束をしていた。時間も決まっているので余裕はない。

「そうだ！　奥様、確か中浦さんが迷った時はスマホを使うように仰ってませんでしたか？」

三葉の言葉で、地図アプリに行き先を入れておくので経路案内を活用しろと言われたのを思い出し、聡子はスマホを取り出す。試行錯誤しながら地図アプリを開き、案内を起動させる。

しゃべり出したスマホを神と崇めつつ、導かれるままに歩いてホテルに辿り着いた二人は、チェックインして部屋にスーツケースを置くと、すぐにデパートへ向かった。今度はフロントでデパートまでの案内を頼めたので迷わずに到着した。

「これが…デパート…!!」

スーパーとは違うと聞いていたが、本当に違う。キラキラしている。とにかくすごい。

興奮してきょろきょろと店内を見回す三葉に、聡子は東京にもデパートはたくさんあったのではないかと聞く。

「響に連れて行って…貰えないか。あの子にデパートなんか似合わないものね」

「東京は高いビルがたくさんあって人も多くてすごかったのですが、ここもすごいです！」

興奮している三葉を連れて、聡子は地下食料品売り場へエスカレーターで下り、リカーショップへ向かう。レジで担当者を呼び出して貰うと、間もなくして、四十前後の男性と三十歳くらいの女性の二人組が現れた。

二人は聡子と名刺交換し、課長の肩書きを持つ水野という男性の方が伊丹と知り合いなのだと話した。急な話を受けてくれてありがとうございましたと頭を下げる。

「困っていたので助かりました。発送して頂いた商品の方は届いておりまして、ご指示通りに保管しております。売り場につきましては、本日の営業が終わり次第、什器を設営しますので…その後は、望月の方でフォローさせて頂きます」

「よろしくお願いします」

水野の部下である望月が笑みを浮かべて頭を下げるのに、聡子と三葉も「よろしくお願いします」とお辞儀して返す。

事前に伊丹の方から、人手不足で催事販売未経験の不慣れな二人しか派遣出来ないという事情を伝えて貰っていた。その為、デパート側が特別に補助役として望月をつけてくれたのだった。

挨拶を終えた水野がオフィスへ戻って行くと、望月は二人に販売に当たっての流れを説明した。

スモーキーグレイのスーツを着て、黒髪を一つに結った望月は、肌の白い美人だ。いかにも仕事が出来そうな雰囲気で、テキパキとしている。

「こちらの一角に販売スペースを設けますので…冷蔵ケースと商品を並べる台を置きます。…これくらいの…大きさになるかと思います。閉店後に什器の設営が終わり次第、商品を並べて頂いて大丈夫です。ディスプレイもご自由にどうぞ」

「ディスプレイというと…」

「酒蔵さんですと…お酒のマークが入った垂れ幕を冷蔵ケースにかけたり…のぼりなんか

を用意される場合もあります」

「奥様。高階さんが以前に使っていたものを見つけたので、荷物に入れておいたと仰ってました。参考に出来るような資料も入れたという話でしたから…」

「そうなの？　よかったー」

「奥様…」

三葉が聡子を「奥様」と呼んだことに望月が反応する。少し驚いた様子で小さく繰り返した望月に、三葉と聡子が目を向けると、慌てて詫びた。

「失礼しました。…仲が良さそうだったので、蔵元さんの奥様とお嬢様かと思っておりまして」

母子だと思っていたと言う望月に、聡子は笑って違いますよーと否定し、三葉もそれに大きく同意した。

「三葉は江南家に奉公させて頂いている身なのです。お嬢様など、滅相もない」

「ほう…こう…ですか」

「ええと、つまり、手伝って貰ってるんです。遠縁の子で…ね、三葉ちゃん」

「はい。奥様」

聡子の呼びかけにきりっとした顔で頷く三葉は、若そうなのに「奉公」という言葉が似合う。望月は何か事情があるのだろうと考え、触れないでおこうと決め、説明を続けた。

「それと…商品の会計はあちらのレジで承りますので、お客様を案内して下さい。お包みも全て私どもで致します」

「ありがとうございます」

催事での販売にあたり、聡子が危惧していたのは会計と包装だ。ちゃんと計算できるか、包装はどうしたらいいのか。心配する聡子の為に中浦がデパート側に問い合わせて、共に委託出来る旨を聞いていた。

その確認が取れたのにほっとしつつ、他の注意事項を幾つか受け、デパートの閉店時間である午後八時以降に再びリカーショップで会う約束をした。別れ際に入店証を受け取り、従業員用の出入り口での使い方も教えて貰った。

閉店時間までの間に夕食を済ませ、デパートに戻って、望月からアドバイスを受けながら商品を並べた。高階が用意していた過去の事例を参考にして、何とか体裁を整え、迎えた翌日。

「奥様！　たくさん、売りましょう！」

「そうね！」

ホテルでビュッフェスタイルの朝食をお腹(なか)いっぱいに食べて、デパートに出勤した三葉と聡子は、江南酒造の名前が衿(えり)に入った法被を着て売り場に立った。

何を聞かれても答えられるよう、頑張って暗記した。いざとなれば、高階が作ってくれた案内書きもある。どんな客が来ても大丈夫だ。

三葉がいるから安心して下さい！　不安がる聡子に、きりりと引き締めた表情で言い切った三葉だったが。

「……。奥様」

「……。三葉ちゃん」

「誰も…来ませんね」

「来ないわねえ」

十時の開店を迎え、地下食料品売り場にも続々と客が入って来たが、リカーショップは皆素通りしていく。試飲も用意していたが、客のほとんどが食料品を買い求めに来た中高年女性で、勧められる雰囲気ではない。

どうしたものかと困惑していると、一時間ほどして望月が現れた。

「お世話になっております。何か困ったことなど、ありませんか？」

様子を見に来てくれた望月に礼を言いつつ、お酒を買ってくれそうな客がいなくてどうしたらいいか分からないと、三葉は本音を伝えた。

「通りかかったお客様に何度か試飲を勧めてみたのですが…断られてしまって」

「そりゃそうよー。デパ地下へ買い物に来てる奥様が平日の午前中から日本酒の試飲なんて」

自分でも断る…と聡子が身も蓋もないことを言うのに、望月は苦笑して同意する。

「そうですね。確かに…難しいかもしれません。金曜日は夕方から週末に向けての買い物をされる方もいらっしゃいますし、出張帰りの方もお寄りになりますから、その辺りを狙ってはどうでしょうか」

「なるほど。お土産としてですね」

「ええ。土日になると客層も変わりますし、お客様の数も増えますので」

期待出来ます…と話して、望月は並んでいる江南酒造の酒を眺める。昨夜、望月に手伝って貰って商品を並べたのだが、やはり気に入らないところがあるから手直ししてもいいかと確認した。

「もちろんです。お願いします」

「これは…こっちへ揃えて…、これもこちらへ置いて…。こんな感じの方が手に取りやすいかと」

望月が改めて整えてくれるとぐんと見栄えがよくなる。三葉と聡子は感動して、さすがプロだと望月を褒めた。

望月は売り場を見慣れているだけだと謙遜しつつ、置かれている酒について質問した。

「失礼ですが、私、江南酒造さんのお酒を初めて拝見したんです。日本酒は余り詳しくなくて…これは純米酒ですか？」

「はい。今回、純米酒と特別純米酒、純米吟醸酒をお持ちしてます。全て使用しているのは瑞の香という酒米です。純米の方は掛米と麹米の歩合が共に八十パーセント、特別純米は六十パーセントでして、生酛造りです。酵母は自社培養酵母を使用しています」

それから…と暗記した内容を続けて話そうとした三葉は、望月の表情が固まっているのを見てはっとする。何か間違えただろうかと慌てる三葉に、聡子がやんわりと伝えた。

「三葉ちゃん。そういうのは聞かれたらお答えすればいいのよ。ほら。望月さんは余り詳しくないって仰ったでしょう?」

「はっ……!」

「すみません。私の方が勉強不足で…」

一気に話されても理解が追いつかなかった…と申し訳なさそうに詫びる望月に、三葉は「とんでもない!」と言って首を盛大に横に振った。お団子がとれそうな勢いである。

「三葉が軽率でした…! デパートのお客様は一筋縄ではいかないと言われ、勉強してきたものですから…」

「あ、それは確かです。本当に詳しいお客様がお見えになるので…こうして酒蔵さんに出向いて頂けるときちんと説明して頂けるので私どもも有り難いんです。ただ…ちょっと買ってみようかなというようなお客様には先に味や雰囲気をお伝えした方がよろしいかもしれません」

「分かりました！」

望月のアドバイスに頷き、三葉は礼を伝える。改めて、望月にどういう味であるのかを伝え、彼女は話を聞いた後、出かける予定があるのでと言って売り場を去って行った。

その後、三葉は通りかかる客たちにも懸命に声かけしたけれど、足を止めてくれる客はいなかった。そして、昼が過ぎ、午後に入ってからのことだ。初老の男性客が売り場の前で立ち止まった。

それまで多くの客に素通りされていたので、立ち止まってくれただけで嬉しくて、三葉は「いかがですか⁉」と元気よく話しかけた。

「試飲も出来ますのでよろしければ！」

「…『鵲瑞』って…潰れたって聞いたけどなあ」

置かれている酒をじっと見て、男性客が呟いた言葉を聞いた途端、三葉の隣にいた聡子は顔を強張らせた。三葉もどきりとしながら、「いいえ」ときっぱり否定する。

「潰れてはおりません。今もお酒を造っております」

「そうなんだ。…純米酒？」

男性客は頷きながら商品として置いてあった四合瓶を持ち、ラベルを読む。三葉は男性客が手にしている純米酒を試飲して貰おうと、プラカップに注いだ酒を勧めた。

「どうぞ。今、ご覧になったお酒です」

「うん」

トレイに置いたプラカップを持った男性客は酒を飲み、すぐに眉を顰める。

「…甘いな」

「そう…ですか？」

甘口の酒ではないのだが、そうとられる場合もあると秋田が話していたのを思い出す。旨みやコクが甘いと感じられたりするんだけど。そんな言葉を思い出して、三葉は純米吟醸酒をプラカップに注ぎ、こちらを飲んでみて下さいと差し出す。

男性客はそれもすぐに手に取って飲み干した。

「純米吟醸なんですが…たぶん、こっちの方がすっきりしてて飲みやすい…」

「…ああ。うん。よくある味だね」

今度は「よくある」と評されてしまい、三葉は言葉に詰まった。どういう造りなのか、味なのか。そういうことを聞かれたら答えられるけれど、「よくある」と言われてしまうと何も言えない。

相手は客だ。どういう意味で言ってるのかと問い返すわけにもいかない。困ってフリーズした三葉の横から聡子が、特別純米酒を注いだプラカップを差し出した。

「よろしければ、こちらもどうぞ」

　聡子から渡されたプラカップの酒を、男性客はまたしても即座に飲み干す。空のプラカップを受け取り、聡子は「どれがお好みですか？」と聞いた。

「うーん。…最初のやつを貰おうかな」

「ありがとうございます。三葉ちゃん、ご用意して」

「…はいっ！」

　てっきりたいした味じゃないからいらないと言われるものだと思っていた三葉は、どうして買ってくれることになったのか、よく理解出来ないまま、商品を用意した。それを持って男性客をレジへ案内する。

「こちらでお会計をお願いします。ありがとうございました！」

　初めて買ってくれた客だ。深々と頭を下げて礼を言い、三葉は聡子の元へ戻る。その横に立つと、小声で疑問を口にした。

「奥様。三葉は買って貰えないかと思ったのですが…どうして買って頂けたのでしょう？」

「だって、三葉ちゃん。うちが潰れかけたのを知ってるってことはお酒に詳しい人よ」

「なるほど」

「その上、試飲してくれるんだから、どれかを買おうとして味を見てくれてるんだと思って」

聡子の読みは当たり、男性客は純米酒を選んだ。「甘いな」と呟いた男性客は美味しいと思っているようには見えなかったのだが、そうでもなかったのか。

三葉が腕組みをして考え込んでいると、会計を済ませた男性客が通りかかった。三葉は改めて「ありがとうございました！」と礼を言って見送る。男性客は小さく会釈して立ち去った。

秋田から学んだお酒についての知識も、味の説明も、皆で頑張って造っていることも、何も言えなかったけれど、買って貰えたのは嬉しい。美味しく飲んで貰えますように。そんな願いを込めて男性客を見送る。

すると。

「試飲、出来ますか？」

今度は四十歳くらいのスーツ姿の男性客で、三葉は「はい！」と返事し、聡子と協力して試飲の用意をする。純米、特別純米、純米吟醸の三種類あって、どういう味が好みなのかと尋ねると、すっきりしたものがいいという返事があった。

「では、こちらの純米吟醸はいかがでしょうか」

「…美味しいね」

三葉が差し出したプラカップを手にした男性客は飲んですぐに「美味しい」と口にした。

三葉は嬉しくなって「ありがとうございます」と礼を言う。

男性客は置かれていた純米吟醸酒の瓶を持ってラベルを読み、「瑞の香？」と呟いた。

「聞いたことない酒米だな」

「はい。こちらは鵲市周辺でのみ栽培されている酒米でして、山田錦にも負けない酒造好適米なのです」

秋田からは酒米についても教えて貰った。地域独自の品種である瑞の香を使って酒造りをしている酒蔵は他にないことや、使用している仕込み水と大変相性がいいことなど、三葉は一生懸命説明する。男性客の方も日本酒に興味があるようで、熱心に話を聞き、質問もした。

「そうなんだ。純米吟醸だから……精米歩合は六十パーセントなんだよね」

「はい。こちらの純米酒も六十パーセントなのですが、造り方が違いまして、純米吟醸酒の方は低温で時間をかけて醸しております。吟醸酒は大変手間がかかりますので、うちでは造っている数量も少ないですから貴重なものなのです」

「大吟醸は造ってないの？」

「はい。以前は山田錦で仕込んだりしておりましたが、今はしておりません。現在は地元米のみでの酒造りをしております」

聞かれることに丁寧に答え、勉強の成果を発揮する。三葉としては十分に手応えを感じていたのだが。

「…そうか。ありがとう」

男性客は持っていた瓶を置き、礼を言って立ち去ってしまった。呆気にとられる三葉に代わり、聡子が「ありがとうございました」とその後ろ姿に声をかける。

その声にはっとして、三葉も遅れて「ありがとうございました」と言い、聡子を見た。

「奥様…三葉は何か…失敗しましたでしょうか？　美味しいと仰って下さったのに…」

説明の仕方が悪かったのだろうかと泣きそうな顔で聞く三葉に、聡子は苦笑して首を横に振る。

「そんなことないわ。美味しいと思っても買わないっていうことはあるものよ」

「そうなのですか…」

さっきは無理そうだと思ったのに買って貰えた。今度は好感触だったのに買って貰えなかった。

何が違うのか。言葉にして説明することは出来ないが、花火大会とは違うと秋田が言った意味が分かった気がする。

「難しいですね。奥様」

「ねえ。でも、三葉ちゃんの説明はちゃんとしてるし、失敗なんかしてないわよ」

ぼちぼち頑張ろう。聡子の言葉に励まされ、三葉は「はい！」と返事する。

一人でも多くの人に皆が頑張って仕込んでいるお酒を知って貰う為に。拳をぎゅっと握り締め、「お酒はいかがですか？」と声をかけ続けた。

望月の言っていた通り、夕方近くなるとリカーショップを訪れる客が増え始めた。酒を選んでいる客に声をかけ、試飲を勧め、味を説明し、質問されれば答える…のを繰り返す。試飲なしですぐに購入を決める客もいれば、全部試飲して迷った末にやめる客もいる。一口でにべもなく「いらない」と言われることもあり、三葉は一喜一憂を繰り返した。

「お疲れ様でした」

閉店後、後片付けをしていると望月が姿を見せた。どうでしたか？　と聞かれ、三葉は難しげな顔で本音を口にする。

「なかなか大変でした。花火大会でお酒を売ったことがあるのですが、その時とは全然違います」

「花火大会ですか。それは…違うでしょうね。でも、売上は悪くなかったようですし、明日明後日はもっと期待出来ると思いますよ」

「そうでしょうか？」

「ええ。色んなお客様がお見えになりますが、めげずに頑張って、江南酒造さんのファンを増やして下さい」

ガッツです。真面目な顔で拳を握って励ましてくれる望月に、三葉は「はい！」と返事する。聡子は二人のやりとりを微笑ましく見て、「明日もよろしくお願いします」と頭を下げた。

行きの新幹線であれこれ名物を食べようという話をしていたのだが、聡子が疲れていたこともあり、ホテルへ戻る途中で簡単に夕食を済ませた。その後ぐっすり眠って、翌日もビュッフェの朝食を食べて出勤した。

「奥様。脚は大丈夫ですか？」

前夜、聡子は脚が痛いと訴えていた。心配げに尋ねる三葉に、聡子は頷く。

「なんとかね。三葉ちゃんは？　痛くない？」

「全然平気です。三葉は丈夫ですから！　今日は午後には響さんがいらっしゃいますので、それまで頑張って下さい」

早朝、響から朝の蒸米の仕込みが終わったらそっちへ向かうという連絡があった。響が来れば交代して貰えるからと、三葉が聡子を労っていると、間もまく開店するというアナウンスが聞こえて来る。

開店しても昼過ぎくらいまでは誰も来ないだろうし、忙しくなるのは夕方からだ。昨日の経験から、三葉と聡子はそう考えて、気を抜いていたのだが。

「…お、奥様…」

「なんか…昨日と違うわねえ」

開店と同時にリカーショップにも多くの客がやって来て、江南酒造の特設売り場の前でも複数の客が足を止めた。戸惑いを覚えて狼狽える三葉に対し、聡子はにこやかに応対する。

「鵲市から参りました『鵲瑞』です。試飲もご用意してますので、よろしければお試し下さい」

「すみません。この純米と特別純米はどう違うんですか？」

「三葉ちゃん」

説明よろしく…と聡子に促され、三葉は気合いを入れて説明を始める。声をかけてもいないのにたくさんの客がどうして…と驚いている暇はない。一人でも多くの人に買って貰って…買って貰うのが無理なら、江南酒造と鵲瑞の名前を覚えて貰わなくては。

熱心に説明し、購入してくれる客はレジまで送り、購入を見合わせる客にはちらしを渡す。初日を終えての反省として、高階が作ってくれたちらしを活用出来なかったことがあった。今後に繋げるには積極的に配った方がいいのではないか。

聡子と相談して始めたちらしの配布もうまく出来るようになった頃。

「お疲れ」

「響さん！」

スーツ姿の響がデパートの売り場に現れた。肩にかけていたデイパックを下ろし、その中から取り出した江南酒造の法被を羽織って、聡子に自分が代わると申し出る。

「疲れただろ？　ホテルに戻って休憩してろよ」

「ありがとう。でも、三葉ちゃんも…」

「奥様、三葉は平気です。この通り元気ですから！」

全然疲れてないと言い、三葉も聡子に休憩を勧めた。聡子は二人に任せることにして、響のデイパックを持ってホテルへ戻って行った。

「どうだ？」

響が到着したのはちょうど客足が途絶えたところで、三葉は開店すぐから続けて客が訪れバタバタしていたのだと話す。昨日よりも休日である今日の方が客足は伸びていて、販売数も増えている。

「三葉も奥様もだいぶ慣れて…頑張っております。ただ、立ちっぱなしですので奥様は脚が痛そうで…響さんに来て頂いてよかったです。仕込みの方は大丈夫ですか？」

「ああ。明日は蒸米の仕込みはないし、秋田だけで出来るから、楓と海斗も休みにするって言ってた」

「では秋田さんお一人なのですか…。ご飯は大丈夫でしょうか？」

「中浦さんが世話するって言ってた」

「中浦さんが？」

「昨夜も俺たちの飯を作ってくれたんだ」

えっ…と驚き、どういうことなのかと事情を聞こうとしたところへ客が現れた。試飲をお願いしますと言われて、三葉は張り切って返事する。

「どうぞ！　こちら、純米酒になりまして…」

手慣れた様子でプラカップに酒を注ぎ、トレイに載せて試飲を勧める三葉を、響は感心して見る。

花火大会の時。三葉はとても愛想良く上手にやっていたけれど、デパートという場所ではどうだろうと心配する気持ちがあった。

元気いっぱいな三葉はデパートでは浮いてしまうのではないか。空回りしていたら可哀想だ。電車の中で考えていたことは杞憂だったとほっとし、響も三葉を手伝って客の相手をした。

夕方近くなると、客数が増え始め、二人でも対応しきれなくなるほどになったので、響がホテルから聡子を呼び出し、三人態勢で接客をした。三葉は説明して販売し、聡子は試飲用の酒を用意し、響は購入する客をレジへ案内し商品を運ぶ。

閉店まで忙しく立ち働き、前日以上の売上を記録した。喜びながら三人で食事をしてホテルへ戻り、慣れない仕事で疲れた身体を休めた。

そして、最終日。

前日と同じく、休日であるのが影響してか、開店と同時に多くの客が足を止めてくれた。興味を持ってくれた客に酒の説明をして試飲を勧め、商品を購入してくれる客はレジへ案内する。

順調に販売を行っていたのだが、昼過ぎになって思いがけないアクシデントが起こった。

試飲を希望した男性客に、三葉は純米酒を注いだプラカップを差し出した。七十近くに見える男性客は、酒を口にしてすぐに眉を顰めた。

「…なんか、違うな」

「そうでございますか…。では、こちらの純米吟醸はいかがでしょうか」

イメージではなかったようだと判断し、別の酒を勧める。男性客は純米吟醸酒を飲んでも同じ反応を見せ、続いて特別純米酒も飲んで、首を捻った。

「鵲瑞ってこんな味だったかな」

「鵲瑞をご存じですか？」

「ああ。昔よく飲んでたんだけど…こんな味じゃなかったがな」

怪訝そうに首を捻る男性客に、三葉は杜氏が代わったのだと説明した。昔飲んだ酒というのは秋田じゃなくて、先代の木屋が造った酒に違いない。

「若手の杜氏に交代しまして…造りも変えましたので、以前の味と違うように感じられるのかもしれません」

「そうなんだ。前のやつはもう造ってないのか？」

はい…と答え、三葉は今の酒も美味しいので是非飲んで欲しいと続けた。

「酒米も仕込み水も変わってませんし、以前よりも丁寧に造っておりますから…」

「丁寧か。あれだろ。純米の生酛造りでってやつだな。純米だったらなんでもいいってもんじゃないんだよなあ。値段も高いし」

「それは…少量で仕込んでおりますので、どうしても…」

「若い人は流行に流されがちだけど、昔からの客のことも考えて欲しいよな。おたくみたいな古い酒蔵さんは特にさ」

　味を変えて欲しくなかったと言われた三葉は、返す言葉がなくなった。

　秋田たちは危機を乗り越えて、自分たちの酒を造り、精一杯頑張って前に進もうとしている。それなのに、「昔通り」を求められるというのは…。

　対応を迷った三葉は、「すみません」と詫びた。自分がどうして詫びているのか、理由は分からないまま、その言葉が口をついて出て来たのだが。

「これがうちの味です。今の味が美味いと思って造ってます」

別の客の対応をしながら話を聞いていた響が、ずいと三葉の前に出る。「これがうちの味」とはっきり言い切った響に、男性客は微かに顔を顰めた。何か言おうと口を開きかけたものの、嫌気が差したというようにやめて立ち去った。

三葉は慌ててその後を追いかけ、男性客にちらしを渡す。

「あの…！　よろしければ、これを。皆で頑張って造っているので…機会がありましたら飲んでやって下さい！」

男性客の表情は厳しいものだったが、ちらしは受け取ってくれたので、三葉は「ありがとうございます」と礼を言って頭を下げた。十分に説明出来なかったので、ちらしを読んでくれるといいと願い、売り場へ戻ると。

「すまん…！」

顔を青ざめさせた響に謝られ、三葉はきょとんとする。響の横にいた聡子は苦笑して、息子を注意した。

「どんなにむっとしてもお客様にあんな言い方はよくないわよねえ」

「だよな…？　ああ…やらかした…。なんで三葉が謝る必要があるんだって思ったら…つい」

「響って意外と短気なのね」

新発見だと驚きつつ、聡子は三葉に礼を言う。フォローしてくれてありがとう…と言われた三葉は首を横に振って、自分がうまく説明出来なかったせいだと反省した。

「もっと上手に言えたらよかったのですが…」

「そうでもないわよ。三葉ちゃん。何を言っても結論ありきの人はいるんだから」

年配だとその傾向が強くなる。聡子は真面目な顔で言って、響の対応は間違っているけど、正しくもあったんじゃないかと付け加えた。

「今のうちの味を好きになって貰うしかないんだからね」

「そうですよね…！　さすが、奥様！」

「…母さんは意外と強いところがあるよな」

「そうなのよ」

出かける前はデパートでの販売なんて自分には無理だと後ろ向きだった聡子だが、適性があったようで、自分でもびっくりしていると打ち明ける。これが年の功ってやつね…と胸を張る聡子を見て、響と三葉は一緒に笑った。

対応に困る客もいるが、喜んで購入してくれる客もいるから、救われる。初めて鵲瑞の味に触れ、美味しいと言って買ってくれると、ネガティブな感情が全て吹っ飛ぶ。

「今度は母さんに頼もう」

「大丈夫よ。おかしなことは言ってないもの」

「そうですよ！」

余計なことを言わないように自分は控えると神妙にする響を、二人が励まそうとした時だ。

「江南？」

男性の声がして、響と聡子が反応する。売り場の前に立っていたのは堂々とした体格の、スーツを着た男性だった。響よりも背が高く、胸幅もあるのでとても目立つ。年の頃は響と同じくらいに見えた。

彼の顔を見た響は、すぐに相好を崩して「小倉さん！」と相手の名を呼んだ。

「お久しぶりです！」

「おう。…何してるんだ？」

嬉しそうな響に対し、小倉と呼ばれた男の方はいささか怪訝そうな顔付きだった。響は表情の意味を解し、小倉に状況を説明する。

「会社を辞めて実家に戻ったんです」

「実家って…」

「酒蔵です」

売り場に置いてあった酒瓶を持って言う響の横から、三葉が「いかがですか？」と試飲を勧める。小倉は小さく頭を下げて、三葉の差し出したプラカップを受け取った。

「一押しの純米酒です。瑞の香という地元の酒米を使っておりまして、冷やでお飲み頂くのがお勧めですが、熱燗でも美味しく頂けます」

「…美味しいですね」

「ありがとうございます！」

試飲した小倉は驚いたように目を見開き、プラカップを三葉に返して感想を口にする。

他の二種もどうかと言われて頷き、聡子と三葉が用意している間に、響に質問した。

「いつ辞めたんだ？」

「三年…半近くになりますね」

「そんなに経つのか」

「はい。小倉さんは…」

今は何をしているのかと聞かれ、答えようとした小倉は、試飲の用意が出来ているのを見て、先にプラカップに手を伸ばした。

「そちらは純米吟醸で…先ほどのものよりも軽やかで香りが立っているかと思います。冷やしてお飲み頂くとよろしいかと」

「…本当だ。するっと入る感じですね」

「こちらは…特別純米でして、味的には純米と純米吟醸の間くらい…でしょうか。こちらも冷やして頂いた方が美味しいですが、ぬる燗でも美味しいです」

「…うん。なるほど」

大きく頷き、小倉は「ありがとう」と礼を言ってプラカップを置く。それから、三種類を一本ずつ欲しいと購入を希望した。

「ありがとうございます！」

「お前が酒蔵の息子だったなんて知らなかったよ。そんな話、してたか？」

初耳だと驚く小倉に、響は苦笑を返す。兄が失踪し、家に戻るまで、響はずっと実家が酒蔵である事実を周囲に隠していた。帰るつもりのない、わだかまりを抱いたままの家について話すことはないと考えていた。

そういう気持ちをよく理解している聡子は、答えに困っている響を助ける為に、商品の用意をしながら「ラグビーのお知り合い？」と聞く。

小倉の体格も、響の言葉遣いも、ラグビーで上下関係にあった相手だと示している。聡子に聞かれた響は頷いて小倉を紹介した。

「小倉さんだよ。元日本代表の」

「えっ…！　すみません…私ったら」

そんな有名な選手に対して失礼をしたと詫びる聡子に、小倉はとんでもないと首を振る。

「俺はスター選手ってわけじゃありませんし、ユニフォーム着てフィールドに立ってないと分かりませんよね。…お母さんか？」

「はい」

「…妹さん？」

聡子を母親かと聞いた小倉は続けて、三葉を妹なのかと聞いた。一瞬、答えに詰まった響に代わって三葉が答えようとする。

「いえ。三葉は江南家におつかえ…」

「営業担当です」

お仕えしているなんて時代錯誤な説明は、旧知の相手には避けたい。響は三葉の声に被せるように言い、全種買って貰うなんて申し訳ないと恐縮した。

「美味いから買うんだよ。いくら知り合いだって、まずかったら全部は買わないって」

「ありがとうございます。小倉さんは…名古屋なんですか？」

小倉とは高校も大学も別だったが、練習試合や合同合宿などで一緒になることが多く、親しくなった。

大学時代に怪我でラグビーを辞めた後も、マネージャーとしてラグビーに関わり続けていた響を、日本代表に関係する仕事に推薦したりと、目をかけてくれていた。

小倉は引退後、所属していた社会人チームのコーチに就いたはずだ。今は名古屋にいるのかと尋ねる響に、小倉は出張で来ていただけだと答える。

「これから新幹線で帰るんだ。俺も親父が死んで、実家に戻ったんだよ」

「そうだったんですか」

実家は何をしているのかと聞くと、運送業だという答えがある。

「今からお帰りなのに三本も重くありませんか？」

話を聞いていた三葉が心配するのに、小倉は笑って「大丈夫です」と返した。

「横浜ですから、すぐですし。これくらいは全然」

用意された商品を持ち、響は小倉をレジへ案内する。偶々レジが空いていて、会計はすぐに済んだ。デパート側のスタッフが商品を包んでいる間に、小倉は響に正直な感想を伝えた。

「向こうから歩いて来て、なんかやけにデカい男がいるなと思ったらお前でびっくりした。まさか、お前がデパートで売り子なんて。よくやってるのか？」

「いえ。今回が初めてで…実は…経営に行き詰まって…手伝いに戻ったんですが…今も綱渡りな感じなんです」

「そうなのか。あんな美味い酒なのに？」

「宣伝してやって下さい」

「分かった」

笑って頼む響に、小倉は真面目な顔で請け合う。四合瓶が三本入った紙袋を受け取ると、売り場を出る小倉に付き添った。三葉と聡子も一緒に「ありがとうございました」と礼を言い、悠然と人混みをかき分けていく小倉の背中を見送る。

「大きな人でしたねえ。響さんより大きいなんて」

「だから、言ってるだろ。俺はそんなにデカい方じゃないって」

「ラグビーは大きな人ばかりなんですね。あ…でも、前に東京でお会いしたラグビーのお仲間には大きくない方もいらっしゃいましたね」

ポジションによる…と言い、響は口元を緩ませる。にやついているような表情を見て、三葉と聡子は不思議そうに首を傾げた。

「どうしましたか？　響さん」

「なんでにやにやしてるの？」

「にやにやって…そんなつもりはないが…。知り合いに美味いって言って貰えるのは嬉しいもんだなって」

帰ったら仕込みを頑張ろう…と呟く響に、三葉は一緒に頑張ると宣言する。そこへ「すみません」と声がかかり、「はい！」と返事して相手を見た三葉は、あっと息を呑んだ。

目の前に立っていた客は、一昨日、初めて購入してくれた初老の男性客だった。

デパートでの出店初日。平日だったのもあり、なかなかお客さんが来なかった。初めて足を止め試飲を希望した男性客は、「美味い」とは一言も言わなかったものの、純米酒を購入してくれた。

「ええと…」

試飲は先日したから…何を勧めたらいいのか迷う三葉に、男性客は思ってもみなかった言葉を伝える。

「先日、貰った純米酒が美味かったから同じのを頼みたい。あと、他のも飲んでみたいから…一本ずつ貰えるかな」

「……!!」

もう一度買いに来てくれたとは。信じられずにフリーズする三葉に代わって、響が「ありがとうございます」と礼を言う。三葉をつついてフリーズを解除し、商品を用意するよう指示した。

三葉は動揺を抑えつつ、遅れて「ありがとうございます…！」と言って頭を下げた。

「美味しく飲んで頂けて…よかったです！　甘いと仰っていたので…ちょっと心配していたんです」

「ああ…覚えてたのか。試飲した時は甘く感じたんだが、家でじっくり飲んでみたら味の印象が変わったよ。珍しく、うちの妻も美味しいって言うもんで…デパートのＨＰに今日までって書いてあったから」

買いに来たと話す男性客に、三葉はもう一度「ありがとうございます」と言って、お団子が飛んでいきそうな勢いでお辞儀する。

男性は喜んでいる三葉に、失礼なことを言って悪かったと詫びた。

「潰れたなんて言って。頑張ってよ」

「はい……っ!!」

「ありがとうございます」

予想外の励ましに三葉は感激して返事をし、経緯を知る聡子も笑みを浮かべて礼を言った。商品を持って響がレジへ案内していくと、三葉はほっと息を吐く。

「奥様……よかったです……」

「ねえ……」

本当によかった。感慨深げな聡子の呟きに、三葉は何度も頷いて同意した。

最終日の日曜は前日以上の売上があり、夕方には搬入数の少なかった純米吟醸酒が売り切れた。閉店後、挨拶に来た望月は予想以上の販売額になったと嬉しそうに報告した。

「事前に宣伝も打てなかったのに、ここまで売上が伸びるとは予想してませんでした。ありがとうございました」

「こちらこそ、いい機会を与えて頂いて感謝しています」

「また水野からもご挨拶させて頂くかと思いますが、是非、次回の出店もご検討下さい」

「願ってもない話です。どうぞよろしくお願いします」

事務手続きに関する打ち合わせを終えた後、片付けを済ませて、三人で急ぎ新幹線乗り場へ向かった。明日は朝から蒸米の仕込みが待っている。鵲市に着くのは終電近い時間になるが、帰るしかない。

多くの人に美味しく飲んで貰える酒を造る為に、地道な努力を重ねなくては。そんな決意を固めて鵲市へ帰ると、駅まで中浦が迎えに来ていた。

「お疲れ様でした」

「中浦くん！　どうして……」

「俺が連絡したんだ」

「タクシーで帰るからよかったのにー」

響も同じことを言ったのだが、中浦は迎えに行くから電車の時間を教えてくれと譲らなかった。中浦の車に荷物を載せ、響は助手席、後部座席に聡子と三葉が乗り込んで、江南酒造を目指す。

中浦にはうまくいったという報告はしてあったが、「どうでしたか？」と聞かれると直接話したくなる。

「思ってたよりうまくいったわ。デパートでお酒売るなんて不安しかなかったんだけど、三葉ちゃんが一緒だったし、響も来てくれたし」

「奥様はお話が上手なのです。たくさんの方が試飲して下さって…美味しいって言ってくれた方も多かったです」

「デパートの担当者からまたお願いしますって言われたんで、向こうとしてもよかったんじゃないかと思います」

「それは…よかったですね」

三人が明るい雰囲気で帰って来たのに安堵し、中浦は笑みを浮かべる。秋田が待ってると聞いた三葉は「そうだ」と手を叩いて中浦に質問した。

「響さんから、中浦さんがご飯を作ってくれたと聞いたのですが…、中浦さんはお料理が出来るのですか？」

「もちろん。三葉さんみたいに上手ではありませんが、ずっと独り身ですからね。一応家事全般出来ます」

大した料理ではない…と謙遜し、中浦は何か食べて来たのかと尋ねる。新幹線の中でお弁当を食べたという返事を聞き、昨日と一昨日は名物を食べたのかと聡子に確認した。

「今日は帰らなきゃいけなかったから弁当だったんだろうが…名古屋は名物が色々あるだろう」

「ううん。ずっと立ちっぱなしだから疲れちゃって。ホテルの近くの定食屋さんで済ませたわ」

「そうなのか。三葉さんが鰻を気に入ってたみたいだから…ほら、呑み切りの時に…ひつまぶしを食べに連れて行ってあげればよかったのに」

「ひつまぶし？」

中浦が口にした「ひつまぶし」という言葉を不思議そうに繰り返す三葉の横で、聡子はしまったという顔付きで口元を押さえた。往路ではあれこれ食べようと話していたのだが、仕事を終えると想像以上に疲れてしまって、店を探そうという気になれなかった。

「やだ、そうだったわね。ごめんね、三葉ちゃん」

「ひつまぶしというのは何ですか？」

「ひつまぶしっていうのは…あれだ。鰻のお茶漬けだ」

「鰻の…お茶漬け…!? 鰻って…あれですよね。お重に入った、あの、美味しいやつですよね？ あれをお茶漬けにするんですか!?」

なんてもったいない…！ 真剣な表情であり得ないと首を横に振る三葉に、聡子はひつまぶしについて説明をする。

「それが美味しいのよ。小さなおひつみたいなのに刻んだ鰻とご飯が入っててね。一杯目はそのまま、二杯目は薬味と、三杯目はお出汁でお茶漬け…っていう食べ方をする名物なの」

「そんな贅沢な食べ物がこの世に…!?」

信じられないと三葉は身体（からだ）を震わせてお団子を揺らす。大袈裟（おおげさ）な反応を笑い、響はまた今度名古屋に行こうと三葉を誘った。

「ひつまぶしを食べに」

「いえ、響さん。お酒を売りに行く時にしましょう！」

ただ食べに行くだけではもったいない。お酒を売らなくては。営業の鬼と化している三葉を響たちが笑うと、真っ暗な田圃（たんぼ）道の先に江南酒造の明かりが見え始めた。

第三話

　十一月も半ばを過ぎると急激に秋の気配は薄まり、冬が顔を覗(のぞ)かせた。色づいた木々が錦のような色鮮やかさで染めていた七洞(ななほら)山地の山肌もすっかり錆(さび)色に変わった。里へおりて来た紅葉も既に盛りを過ぎている。

　早朝は暖房が必要なほど冷え込み、布団を出るのが億劫(おっくう)な季節だ。それでも、響(ひびき)たちは文句一つ言わずに毎朝早くから蔵へ入る。釜に火が入ると、江南(えなみ)酒造の真っ暗な中庭には白い湯気が朝靄(あさもや)のようにたなびき始める。

　蔵入りから二ヶ月近くが経(た)ち、仕込みは順調に進んでいる。米を洗い、浸漬(しんせき)して蒸す。麹(こうじ)を造って、酒母を仕込む。そして、醪(もろみ)を仕込む…そんな作業の流れを、三葉(みつば)もだいぶ理解出来て来た。家事を済ませた後、蔵の手伝いに向かうのが今の日課である。

　酒造りで特に重要視されるのが、「清潔であること」だ。秋田(あきた)はその点について特にうるさい。

　蔵の中を常に掃除し、道具類も徹底的に洗うよう指示する。秋田が食品を扱っているメーカーとしての責任以上に清潔を求めるのは、環境が酒質に影響を与えるという考えがあるからだ。

　手の空いた人間は誰でも道具類を洗い、布類を洗濯して干し、ちり一つ落ちていないくらいに掃除する。徹底されて来たその仕事を三葉も担うことになった。元々、掃除や洗濯などは三葉の得意とするところで、段取りやこつが分かった今は、蔵に入ると休みなく働いている。

「お邪魔します……」

　その日、三葉が長靴に履き替えて蔵へ入ると、全員が麹室(こうじむろ)と呼ばれる麹を造る為(ため)の部屋で作業しており、誰もいなかった。

　毎日手伝っているので、仕事の手順も分かっている。甑(こしき)のそばに置かれていた道具や布を洗って、定位置へ干した。

　一仕事終えた三葉は、誰も出て来ないのを見て、他にやっておくことはないかと仕事を探し始めた。

　そして、発酵タンクがずらりと並ぶ区画を通りかかって足を止める。

「……」

　大きなタンクを三葉はうっとり見上げる。この中で今も発酵が起こっていて、酒が出来上がりつつあるのだと思うとわくわくする。

「三葉ちゃん」

「わっ」

　タンクを見つめていた三葉は背後から呼ばれて飛び上がる。呼びかけた秋田は「ごめん」と驚かせたのを詫びた。

「何してるのかと思って」

「いえっ…向こうの洗い物は済ませたのですが、他にやることはないかと思って探しておりました。皆さん、麹室でお仕事中だったので邪魔してはいけないと思い…」

　声をかけずにいたと言う三葉に、秋田は分析の為に発酵タンクから醪を抜き取るので見学するかと聞いた。

　秋田は毎日醪や酒母などの分析を行っており、手には濾紙を被せた漏斗が並んだケースを持っていた。三葉はぶんぶんとお団子を揺らして頷き、秋田の後に続いて階段を上がる。

　仕込みタンクは大きく、人の背丈を超える。その為、上部にある開口部から作業をする為の作業台がタンクを囲う形で作られている。

　三葉の前を歩く秋田は目当てのタンクの前で跪き、開口部を覆っている蓋を取った。

「おお」

　昨日も三葉は響が作業をするついでにタンクを覗いたのだが、その時に見た表面と様子が違う。ぼこぼことした白い泡が醪の表面を覆っている。

　秋田は醪の品温を確認し、タンクから柄杓でサンプルをすくい取った。

「泡、大きくなりましたね？」

「そうだね。これは『岩泡』って呼ばれる状態で、糖化が進んで粘度が増して来た感じかな」

予定通りだと言って、秋田はタンクの蓋を元通りに閉めた。

醪は酒母に水、麴、蒸米を混ぜて造る酒の原型だ。現在は三回に分けて原料を加える「三段仕込み」という手法で仕込まれる場合が多い。

一気に原料を加えてしまうと、酒母に含まれる酵母と乳酸の割合が下がって働きが弱まる。そこで、段階を分けて量を増やしていく。

初添、仲添、留添と呼ばれる三回の仕込みで、初添が一、仲添が二、留添が三の割合で原料を増やしていく。最終的に元々の酒母の十四〜十五倍の量の醪が出来る。

それを約二十日間…大吟醸の場合はもっと長く…置いて、発酵が進んだところで醪をしぼると、酒になる。

立ち上がった秋田は別のタンクへ移動して蓋を開けた。今季、最初に仕込んだそのタンクの醪の表面は平らで落ち着いている。

「…こっちは明日、しぼろうと思ってるんだ」

「しぼる？」

「ええと…上槽っていうんだけど、醪を液体と酒粕にわけるんだ。液体の方がお酒だね」

「おお！」

ようやくお酒になるのかと、三葉は感動してタンクの中を覗き込んだ。三葉にとっては米の段階から仕込みの様子を見て来た、初めての酒である。

「楽しみです！」

「……」

「秋田さん？」

わくわくした顔付きで期待する三葉に対し、秋田は神妙な表情で沈黙する。どうしたのかと心配して呼びかける三葉に、秋田は不安を口にした。

「初しぼりって緊張するんだよね。どうかなって…」

「ああ…なるほど」

毎日、分析して醪の状態を細かく記録し、出来を確認しているものの、数値が味に反映されているかどうかは飲んでみないと分からない。明日は運命の日なのだと真面目な顔で言う秋田を、三葉は「大丈夫です」と励ました。

「三葉がおまじないを…」

そう言いかけて、しばし沈黙する。秋田のお酒におまじないが必要だろうか？

いや。

「…必要ないですね。皆で頑張って造ったお酒なんですから。美味しいに決まってます」

考えを改めて首を横に振り、断言する三葉を、秋田はちらりと見て無言で頷いた。そうだよねと相槌を打ち、タンクの蓋を閉める。

「ところで、秋田さん。こんな大きなタンクの中身をどうやって『しぼる』んですか？」

不思議そうに尋ねる三葉は雑巾を絞る図を想像していそうだ。秋田は三葉を連れてタンク置き場を離れ、分析室に採取した検体を置いてから、醪をしぼる為の機械が置かれている冷蔵室へ向かった。

仕込み蔵の一角を壁で区切り、冷蔵設備が整えられているその部屋に鎮座している大型の機械を、三葉も見たことはあった。ほぼ毎日、手伝いの為に蔵中を行き来している。響と高階がその機械を相手に悪戦苦闘していたのも覚えている。

「この前、響さんたちが組み立てていた機械ですよね？」

「ああ。準備に時間がかかるから使えるようにしておいて貰ったんだけど……」

秋田は大きな機械をチェックしながら、三葉に上槽について説明した。

「上槽っていうのは、醪を酒と酒粕に分けることで…色んなやり方があるんだけど、うちはこの藪田式自動醪搾機っていう機械を使ってるんだ。通称、ヤブタくん」

「ほう」

上槽という言葉は、醪を袋に詰め、圧力をかけて酒を「しぼる」方法において、「槽」と呼ばれる道具を使っていたことから来ている。今も袋しぼりは吟醸酒をしぼる際などに用いられている。

江南酒造で使われている機械では、何枚もの濾過布を被せた板をアコーディオンのように装着し、その間に醪を挿入して空気で圧力をかける。そうして出て来る液体が日本酒で、残るのが酒粕だ。

「ここに酒粕が引っ付くんだよ。それを剝がす仕事もあるからね」

「酒粕を剝がすんですか？」

楽しそう！　と喜ぶ三葉を、秋田は微笑んで見つめ、この純真さをいつまでも失わないで欲しいと願う。

酒粕を剝がす作業はなかなかの重労働で、塚越と高階には評判がよくないのだ。

「とれた酒粕はどうするんですか？」

「販売もするけど、飼料として売ったりもするよ」

「飼料って……」

「豚とか牛とかの餌に混ぜるらしい」

「ほほう！」

それは美味しそうですね！　と三葉は目を輝かせる。この場合の「美味しそう」は豚や牛の肉のことだ。酒粕を食べた豚や牛の肉は何処で買えるのかと聞かれ、秋田は今度聞いておくと返事する。

「肉もいいけど、酒もあるよ。明日はしぼった酒をチェックするから」

「本当ですか⁉　三葉も味見出来ますか⁉」

「もちろん」

秋田の返事を聞いた三葉は「ありがとうございます！」と礼を言い、うっとりとヤブタを見つめる。

明日は出来たての酒が飲めると浮かれる三葉を見ていると、秋田は不安が小さくなっていくのを感じる。

心配しても仕方ない。精一杯やったのだから…と自分自身に言い聞かせ、あとは上槽がトラブルなく、うまく出来るようにと願いを込めて、機械の点検に取りかかった。


翌日。三葉は急いで家事を済ませて蔵へ向かった。中へ入ると、蒸米の仕込みは終わっており、釜の付近には誰もいなかった。上槽すると聞いていたので、急いで冷蔵室へ向かう。ドアを開けると機械音が低く鳴っていて、圧搾機の近くに塚越が立っていた。

「楓さん」

「おう、三葉」

「…なんか、ここ寒くないですか？」

光の入らない蔵の中は全体がひんやりしているものの、圧搾機のある部屋は特に寒い。昨日はそうでもなかったのに…と不思議に思う三葉に、塚越は上槽するので室温を下げているのだと教える。

「どうして寒くするんです？」

「劣化を防ぐ為だよ。発酵タンクから送られて来た醪がしぼられて、貯蔵タンクへ移るまでの間に空気に触れて酸化するのも避けたいけど、品温が上がるのもまずいからさ」

「なるほど」

だから、冷蔵室になっているのかと納得する三葉に、塚越は機械から延びているホースを指し示す。

「あれが発酵タンクに繋がってて流れて来てるんだ」

「ほう」

三葉は頷き、発酵タンクの方に秋田がいると聞いて、ホースの先を追って進んで行った。

冷蔵室の外へ出て、ホースをたどると、塚越が言ったようにタンク置き場まで延びている。醪の入ったタンクの前では秋田と高階が屈んで、大きな筒状の容器の下部にある繋ぎ目の部分を確認していた。

「三葉ちゃん。味見に来た？」

「い、いえっ…その、お手伝いに…」

高階に笑って聞かれた三葉は慌てて首を横に振る。とんでもないと言いながらも、味見が楽しみで急いでやって来たのは事実だ。

もごもごまかす三葉に、立ち上がった秋田は腕時計を見て「そろそろ…」と言う。

「いいかな。試飲用に酒を抜き取るから…三葉ちゃん、飲むよね？」

秋田に聞かれた三葉は、笑顔で「はい！」と返事する。冷蔵室の方へ行こうと促して、秋田はタンクの周囲を囲う台に上って作業している響に下りて来るように声をかけた。

「響さんは何を？」

「醪に櫂入れ。まんべんなくヤブタに行き渡るように」

高階の説明に頷きつつ、下りて来た響も一緒に移動する。圧搾機の前にいた塚越は、利き猪口を用意して秋田たちが来るのを待っていた。

醪が注入された圧搾機からはしぼった酒が既に出始めていた。槽口から延びるホースは小型タンクに繋がっていて、そこに一旦、酒が貯まるようになっている。

秋田はもう一度時間を確認し、小型タンクの下部にある呑口から利き猪口に酒を移した。

その色をじっと見て、匂いを嗅ぎ、味を見る。厳しかった秋田の顔が、ぱっと明るくなるのを見て、全員がほっと息を吐いた。

「…うん！　いいかも」

「やったな！」

「よかったー」

「マジでよかった…」

「おめでとうございます！」

秋田は杜氏として「自分の造りたい酒の味」を設計している。その設計図に従って、響たちは懸命に働いて来た。満足いく結果が出たらしいのは大変喜ばしい。

秋田は利き猪口を響に差し出し、飲んで下さいと告げる。

「……」

今季初の上槽、初のあらばしり。秋田にとっては四度目となる造りである。

神妙に利き猪口を受け取った響は一口飲んで、「ああ」と溜め息の混じった声を漏らした。

「……」

美味い。そんな一言で済ませてしまうのはもったいない気がするが、他の言葉は出て来ない。なんて言えばいいのか。迷いながら、響は塚越に利き猪口を回す。

塚越は飲んですぐに「うまっ！」と叫び、その次に飲んだ高階も「美味いです！」と高い声を上げた。

「三葉ちゃんも、飲んで飲んで！」

「ありがとうございます！」

最後に回って来た利き猪口を三葉はしずしずと受け取り、緊張した面持ちで口をつけた。ふわりと酒の香りが鼻に抜ける。瑞々しさの中にフルーツに似た甘みを感じ、フレッシュな旨みが口いっぱいに広がった。

「美味しいです…！」

直感的な感想しか口に出来ず、三葉は慌てて言葉を付け加えようとする。けれど、様々な感情が渦巻いて声にならなかった。

初めて、米から酒になる経過を見て来た。蔵入りしてからの思い出が頭の中でぐるぐる回る。

「なんていうか…なんていうか…新鮮です！」

三葉がようやく発した一言に、塚越と高階は笑って「確かに」と頷いた。しぼったばかりの酒だ。新鮮に決まっている。

「醪から酒になったばかりだからね」

「そうなんですけど…本当に美味しくて…なんて言えばいいか」

戸惑う三葉に響は「分かるぞ」と力強く言って肩を叩いた。言葉が出ないくらい、美味い。皆で秋田にそう伝えると。

「やだな。三葉ちゃんまで…もっとさ。なんていうか、言葉はないのかな？」

「本当に美味しいんですよー」

「去年、最初に飲んだあらばしりも感動したけど、今年のは軽くそれを超えていったっていうか…」

「あらばしり？」

響が呟いた言葉を三葉が繰り返す。それは何かと聞く三葉に、秋田が説明した。

「上槽して最初に出て来るのをあらばしり、次に出てくるのを中取り、最後に出て来るのを責めっていうんだよ。あらばしりはフレッシュな分、角があるというか…荒々しい感じがするものなんだけど」

「いえ！　そんな感じは全然しませんよ？」

十分にまろやかだと言い、三葉は手に持っていた利き猪口からもう一度酒を飲む。五人で回し飲みしていたものだから、一合の利き猪口に入っていた酒は空になっていた。

「美味しいです！　おかわりが欲しいです」

「俺も」

「えーおかわりいけるならあたしも」

「いいんですか？　おかわり」

全員がもっと飲みたいと希望するのに、秋田は困り顔で首を横に振った。今日の仕事はまだまだ残っているし、おかわりを続けて酔っ払って貰っても困る。そもそもおかわりをするようなものじゃない。

あくまでも出来を見る為の試飲なのだから。秋田の言うことはもっともで、一同は残念そうに肩を落とす。

「でも…このお酒を売れるなんて、楽しみですねぇ」

空になった利き猪口を見つめ、三葉は嬉しそうに口元をほころばせる。今から売るのが楽しみだ。きっと皆が美味しいと喜んでくれるに違いない。そんな三葉の言葉に、全員が深く大きく頷いた。

今季初の上槽を無事に迎えたその夜。夕飯の後、秋田は圧搾機の稼働状況を確認する為に蔵へ向かった。

タンクに入っていた醪の注入は終わったが、圧搾機で全てをしぼり終えるには丸一日かかる。それでも従来のやり方よりはうんと時間短縮出来るので、酸化防止など様々なメリットがある。

冷蔵室へ入り、気になる箇所の漏れなどがないか様子を見ていると「秋田」と呼ぶ響の声がした。機械の陰から顔を出し、出入り口の方を見ると響が立っていた。

「どうかしました？」

今日は夜の間も面倒を見なくてはならない麴の仕事はないので、塚越と高階は自宅へ戻っている。響に頼んだ仕事もないはずだが…と不思議そうに見る秋田に、響は話があると切り出した。

響の表情は真面目なもので、秋田は戸惑いを覚える。酒の出来は上々だったし、問題があったとは思えない。

冷蔵室の中は寒いので、外へ出ようと提案する。順調に動いている機械に後を任せ、冷蔵室を出ると、響は真剣な顔付きで蔵の中央に立っていた。

何だろうと緊張する秋田に、響は、

「新しい銘柄を起ち上げないか」

と、持ちかけた。どういう意味なのかすぐには分からず、首を傾げる秋田に、以前から考えていたのだと続ける。

「うちの酒は『鵲瑞』として売ってはいるが、もうお前の酒だと思うんだ。だから、お前が好きな名前をつけて、好きなように造って売ってくれればいい」

「待って下さい…。それは…『鵲瑞』として味が調ってないってことですか…？」

どの酒蔵にも代表的な銘柄があり、それぞれの味に特徴がある。杜氏が変わると味も変わったりするが、仕込みの違う酒をブレンドしたりして、銘柄としての基本の味は変えないようにすることが多い。

秋田も木屋から受け継いだ「鵲瑞」の味を大きくは変えないように努力して来た。造りは違ってもどこかに「鵲瑞」が残るように気をつけて来た。

それでも、昔の味と違うという指摘を受けることは多い。だから、新しい銘柄を…と言っているのかと、確認された響は首を大きく横に振った。

「違う。そうじゃなくて…お前が『鵲瑞』の味に寄せようとしてくれるのは有り難いが、もったいないと思うんだ」

秋田は「鵲瑞」らしさを出す為に味を調整している。老舗の味を踏襲する為に。

けれど、その味は確かなものなのだろうか。秋田が造る酒より美味いのだろうか。

そんな疑問は、秋田の酒が進化するほどに強くなって来た。

「この前…デパートに売りに行っただろう。あの時、年配の客に『昔の味の方がよかった』って言われたんだが、本当にそうかなって思ったんだ。その人にとっては美味しいと感じた懐かしい味なのかもしれないけど、それを守り続けるべきなんだろうかと思ってさ」

「そうだったんですか…。すみません。俺もよく言われるんですが…やっぱりうちには老舗としての…」

「潰れかけてるのに老舗もクソもないだろう。お前が残ってくれなかったら、とっくに『鵲瑞』は途絶えてた酒だ」

「……」

「初めて飲む人が美味しいと感じるのは、お前が造る酒の味だ。たとえ意識して『鵲瑞』の味に近づけていたとしても、昔の味と違ってしまってるのは事実なんだと思う。けど、それは悪いことじゃない。俺はお前の造る酒が美味いと思うし、それを売りたいし、『鵲瑞』に縛られて欲しくないんだ。今日飲んだ酒が…お前が純粋に美味しいと思う酒が、きっと喜ばれるって思う」

だから。

「お前の銘柄を作ろう」

「……」

強い調子で言う響を、秋田は瞬きもせずに見つめていた。ぎゅっと拳を握り、唇を噛み締める。

深く頭を下げ、「ありがとうございます」と礼を言う秋田に、響は逆だろとぶっきらぼうに言い放つ。

「礼を言わなきゃいけないのは俺の方だ。…って、何回も言ってるな」

「そうですよ」

「で、どうする？」

早速、銘柄のネーミングを相談する響に、秋田は少し考えさせて欲しいと言った。

「お前の好きにしてくれ。『あきた』でもいいけど…」

「まんまじゃないですか」

それはちょっと…と眉を顰め、秋田は苦笑する。

新しい銘柄で新しい酒を、たくさん売ろう。そうしたら。

「売れたら新しい機械も買えますよね。俺、洗米機が欲しいんですよ。もっと儲かったら冷蔵室の空調設備を直したいし」

「それは…新規融資の申し込みをしたから」

何とかなるかも…と言う響の声に元気はなく、秋田は期待せずに待っていると肩を叩く。

運転資金もギリギリの江南酒造には新たに機械を買う余裕は到底ない。しかし、現実問題、設備は劣化していくし、新たな機械も必要となってくる。

未来は明るいはずなのに、ちょっと先は見えないというもどかしい状況はいつになったら打破出来るのか。圧搾機でしぼられている酒が売れてくれるようにとひたすら祈る響だった。


かつて経営破綻を起こしかけ、窮地に陥った江南酒造は事業の清算、資産売却などで何とか生きながらえた。しかし、その後が順風満帆だったわけではなく、当時の負債はまだ残っており、毎月多額の返済を続けている。

そんな中で新規の融資を受けたいと響が言い出したことに、中浦は複雑な反応を見せた。仕入れを増やしたこともあり、毎月の支払いを乗り切るので精一杯で設備投資にまで手が回らないのが現状だ。

そんな中でも秋田たちが壊れかけの機械や、古びた設備に苦労しているのを見ていたら…響自身も一緒に苦労を味わっている…何とかしてやりたいと思うのは理解出来る。現状として売上は上向きだし、先行きに希望は持てている。雲母ホテルとの取引も順調で、デパートでの催事も成功し、常設のリカーショップから商品の注文も貰えた。

それでも、まだ実績が足りない。銀行員だった中浦には銀行側がどう判断するかが分かってしまうだけに、前向きに同意出来なかった。

たぶん無理ですよ。もう少し様子を見ましょう。そんな中浦の言葉に、響は「それでも」と返した。

「申し込んでみたいんです。お願いします。事業計画書の書き方を教えて下さい」

新規融資の申し込みに必要な書類の作成方法を教えてくれと言う響が、自分で事業計画書を書くつもりだというのに中浦は驚き、彼の覚悟を感じて協力を決めた。

これまでの響なら中浦に任せておいた方がいいとして、丸投げしていただろう。

そもそも秋田たちの為とは言え、自ら新規融資云々という話を持ち出したりしなかったはずだ。

美味い酒を造ろうとしている秋田の助けになるのなら、どんなことでもする。

蔵元代理として存在しているだけだった響の意識は、以前とは違っている。中浦は響を指導して銀行へ提出する事業計画書を作成し、新規融資の申し込みを行った。

そして、審査結果が出たという連絡を受け、響と中浦は江南酒造のメインバンクである、あじさい銀行の鵲支店へ赴くことになった。


約束は十時半なので、十時には出ましょう。中浦からそう言われていたので、響は時間を見て蔵での仕事を抜け、母屋で着替えを済ませた。

二階の自室でスーツを着て、階段を下りると、三葉と出会した。

「響さん！　お出かけですか？」

朝食を済ませて蔵へ行ったはずの響が、スーツ姿で二階から下りて来たのに三葉は驚く。

響は頷き、銀行に行くのだと伝えた。

「お前は今からか？」

「はい。洗濯物を干し終わりましたので、手伝いに行って参ります。…響さん」

「ん？」

「緊張してらっしゃいますか？」

三葉に尋ねられた響は、ネクタイの結び目を直しながら、「分かるか？」と聞き返す。

三葉は深く頷き、顔付きが硬いと指摘した。

響は顎を押さえ、微かに眉を顰める。

「金を借りようと思って申し込みをしたから…その結果を聞きに行くんだが…」

「お金を借りるのですか？」

「ああ。少しでも仕事が楽になるように…設備を新しくしたいし、秋田が欲しいって言ってる機械があるし」

「お酒を売ったお金では足りないからですか？」

心配そうに聞く三葉に、響は売ったお金は一度には入らないし、まとまった金額が欲しい場合は銀行から金を借りるという方法があるのだとざっくり答えた。

三葉には分からないかもしれないと思った通り、難しげな顔で「ほう」と曖昧な相槌を打つ。

「うちはまだ借金が山ほどあるし、売上も伸び始めたばかりだから無理だって中浦さんに言われたんだが…諦め切れなくて、一か八かで申し込んだんだが…やっぱり駄目だろうなって分かってるから…」

気が重いのだと打ち明ける響に、三葉は行く前から後ろ向きではいけないと真面目な顔で注意した。それから。

「三葉がおまじないをかけてあげます！」

「おう。頼む」

三葉のおまじないが効くのかどうか疑うよりも、わらにも縋る思いの方が強く、響は三葉がぶつぶつおまじないを唱え終わるのを待った。ぎゅっと瞑っていた目を開け、にっこり笑った三葉が「これで大丈夫です！」と保証する。

響はその笑顔を見ただけで気が楽になって、笑みを浮かべた。

「ありがとうな。行って来る」

「行ってらっしゃいませ！」

明るい声に送り出され、事務所へ向かうと中浦が待っていた。二人で中浦の車に乗り込み、鵲市の中心部にある銀行を目指す。

中浦に請われて江南酒造へ戻ってから、響はあじさい銀行の鵲支店を何度も訪れている。最初は銀行側との債務整理についての話し合いの席だった。中浦に座っててくれるだけでいいと言われ、重い雰囲気が流れる応接室でずっと黙って俯いていた。

あの時も厭な気分になったが、今ほど緊張はしなかった。他人事だと捉えていたからだろう。しかし、今は違う。

銀行に到着し、正面入り口の自動ドアの前で一度足を止めた響を、中浦が不思議そうに振り返る。

「響さん？」

「…すみません」

靴紐が気になったと言い訳し、響は中浦の後に続いた。法人営業の窓口で約束している旨を伝えると、応接ブースへ通された。

四人がけのテーブルと椅子が四つ置かれているブースで、響と中浦は手前の椅子を引いて並んで座る。

「お待たせしました。ご足労頂いて恐縮です」

響と中浦が椅子に腰掛けて間もなく、担当者が入って来た。鵲支店の法人営業部で江南酒造を担当している大谷は、立ち上がった響と中浦に座るよう勧める。

「どうぞおかけ下さい。支店長も同席する予定だったんですが急用で出てしまいまして…すみません」

「いえ…」

「今朝は随分冷え込みましたよね。仕込みの方はどうですか？」

「順調です」

「お酒を仕込むには寒い方がいいんですよね」

「そうですね…」

にこやかに世間話を始める大谷に、響は緊張した面持ちで応対する。中浦は大谷の顔付きを見ただけで、結果が分かっていたので、「駄目でしたか」と聞いた。

大谷は「えっ」と驚いて、笑顔を崩す。

「どうして分かったんですか？」

「審査が通ったのなら、大谷さんは部屋に入って来てすぐに報告するでしょうから」

大谷は昨年、鵲支店へ転勤して来て江南酒造の担当になった。響と同世代の若者で、真面目で仕事はきちんとこなすものの、営業としてはぬるいところも多い。

その一つが「顔や態度に出やすい」という特徴で、今も中浦に見抜かれあたふたと動揺している。

「さすが…中浦さん…。すみません。僕も粘ってみたんですが…力及ばず、本当にすみません」

「どうして駄目だったんでしょう？」

「事業計画書としてはよく出来ていましたし、今後の展望に期待も持てるという評価でしたが…やはり実績が」

足りないと大谷は言いにくそうに口にする。申し込んだ融資額は大した金額ではない。起ち上げたばかりの会社であれば審査を通過しただろうが、一度信頼を失い、いまだ多額の負債が残っている江南酒造に、更なる実績が求められるのは仕方のない話だ。

しゅんとして肩を落とす大谷に、響は低い声で「そうですか」と相槌を打つ。その表情からは緊張が抜けており、落ち込んだような雰囲気は見られなかった。

清々(すがすが)しさが感じられる顔付きで、ふんと鼻から息を吐く。

「分かりました。またチャレンジすることにします」

ありがとうございました…と大谷に頭を下げて礼を言い、立ち上がる。あっさり納得して引き上げようとする響に、大谷は「あの」と声をかけた。

「いいんですか？…と言っても、どうにもならないものはどうにもならないんですが…」

それでも何とかしろと詰め寄られることも多い。担当者としての力不足を責められることも。

響がそれをしないのは何故(なぜ)か。戸惑いながら尋ねる大谷に、響は一緒に立ち上がった中浦を見た。

「中浦さんから、たぶん無理だからもう少し待とうと言われていたので…最初から一か八かという気分だったんです。ダメ元に付き合わせてすみません」

「いえ。そんな…ダメ元なんて」

「大谷さんが上を納得させられるような売上を稼いでから、また来ます」

その時はよろしくお願いします。姿勢を正してもう一度頭を下げる響に慌て、大谷も立ち上がって頭を下げる。「失礼します」と挨拶し、応接ブースを出たところで、「中浦さん」と呼ぶ声が聞こえた。

広くはない支店のオフィスに並ぶ机の間を早足で抜けて、近付いて来るのは支店長の松下だった。かつてあじさい銀行に勤めていた中浦にとって後輩に当たる松下は、中浦に目礼してから、響に頭を下げる。

「今回はご要望に応えられず、申し訳ありません。鵲支店としては江南酒造さんの収益が改善傾向にあることを評価したいと、融資部にも伝えたのですが…」

「いえ。慎重になられる意味はよく分かります。状況を見てまたお願いするかと思いますのでよろしくお願いします」

「そう言って頂けると助かります。こちらこそ、よろしくお願いします」

響からの返答を聞き、松下はほっとした表情で礼を言った。続けて中浦にも頭を下げ、「力不足で」と詫びる。中浦は首を横に振り、響と同じように改めてお願いするつもりであるのを伝えた。

松下と大谷に見送られて支店を出ると、近くの駐車場に停めた車に向かいながら、中浦は松下が申し訳なさそうにしていた理由を伝える。

「本来であれば支店の裁量で通せる金額なのですが、うちの場合、一度不渡りを出して債務整理を行っていますから…本店にお伺いを立てないといけなかったのでしょう」

「本店の許可が出なかった…ということですか」

「そうでしょうね。申し込みに行った時、松下くんもいたので話をしましたが、彼は新規の取引先が増えていることに目を向けて、前向きに考えると言ってくれていたので」

響は蔵での仕事があったので、融資の申し込みには中浦が一人であじさい銀行を訪れていた。もしも一緒に訪れて、支店長からそのような言葉をかけられていたら期待を持って、もっと落胆していたかもしれない。

中浦は無理だと思うとはっきり言った。冷静な判断を有り難く思いつつ、中浦は融資に関する仕事をしていたのかと聞く。

「ええ。旗艦店の副支店長を務めたこともありますので」

一通り経験している…と話し、中浦は駐車場に停めた車のロックを解除する。助手席に座った響はシートベルトを締めながら、聡子からあじさい銀行に勤めていた中浦が行内でも重要な部署にいたと聞いた話を思い出していた。

普通に考えれば、潰れかけの酒蔵にいるような人材ではないのだ。車を走らせ始めた中浦に、響は「すみませんでした」と詫びた。

「僕に謝る必要はありませんよ」

「でも…中浦さんに無理だと言われたのに、申し込んで撃沈したので」

世話をかけたと神妙になる響に、中浦は自分にも間違いがあったと返す。

「今の状況で新規の融資が承認されるとは思えなかったのでやめておいた方が無難だと…確実に承認される材料を揃えてからの方が、無駄にならないと思ったんですが。この前、融資の申し込みに訪れた時、松下くんや大谷くんは僕の話を前向きに聞いてくれたんですね。僕がＯＢだからというんじゃなくて…江南酒造の本業である酒造の売上が伸びていて…それを更に伸ばす為に資金を必要としているという、事業計画書の内容が担当支店にとっては嬉しかったようなんです。銀行の支店というのは…特に鵲支店のようにさほど大きくはない、地元に密着している支店というのは、顧客と一緒に一喜一憂して商売をしているようなところがあるんです。ですから、無駄とか、考えるべきではなかったなと反省しました」

中浦の話を聞いた響は脚の上に置いた拳を力強く握り締めた。自分が気づいていないところでも、江南酒造を応援してくれている存在がある。そんな事実がとてつもない励ましになる。

融資が受けられなかったという落ち込みもすぐに消え、車が江南酒造に着く頃には、前向きな気分に満ちていた。

だから。

「響さん！　お帰りなさいませ！」

「ただいま」

母屋で昼食の支度をしていた三葉は、響の顔付きを見て勘違いした。

「よかった…！　お金を借りられたんですね！」

出かける前はらしくなく緊張していた響の、表情も声も明るかったから、願いが叶ったのだと思ったのだ。ほっとして「おめでとうございます」と続ける三葉に、響は「違う」と返す。

「え？」

「融資は駄目だった」

それなのに…何故、響は明るいのか。三葉が不思議そうに首を傾げていると、事務所で留守番をしていた聡子が戻って来る。

「お疲れ様、響。留守の間に事務所へ電話があったんだけど…デパートで会った、ラグビーの」

「小倉さん？」

「そうそう。電話欲しいって…これ、電話番号」

聡子から番号を書いたメモを渡され、小倉とは携帯の番号をやりとりしたはずだが…と怪訝に思う。ただ、何年も前なので、番号が変わったのかもしれない。

服を着替えて来ると言い、二階に上がり、スーツを脱いで作業着に替えてから、スマホを手に取った。連絡先を確認してみると小倉の番号はあったが、聡子がメモしたものとは違っていた。

やっぱりと思い、メモにある番号に電話をかける。呼び出し音が鳴った後、小倉が「はい」と答える声が聞こえた。

「あ…江南です。先日はありがとうございました。事務所に電話貰ったみたいで…」

『ああ。悪いな。前に携帯を変えた時に昔に聞いた番号が消えてしまったんだ。それで会社の方にかけさせて貰った』

「ちょっと留守にしてたんですみません。何でしたか？」

用を聞く響に、小倉は想像もしなかった話を切り出した。

『俺と一緒に取材を受けてくれないか？』

「は？」

てっきりラグビー関係の用事だと思っていた響は、取材と言われて間抜けな返答をしてしまう。相手が小倉なのを思い出し、慌てて「すみません」と詫びて、事情を聞いた。

「取材って…何ですか？　ちょっと…分からなくて」

『だよな。すまん。…実は前にスポンサー関係の付き合いがあった航空会社のWEBサイトから取材を受けることになったんだが…そのテーマが「食」で、俺のお薦めの食い物とかを紹介して欲しいって言われたんだ。その食い物を作ってる生産者も一緒にインタビューするって企画で…ケーキだったらパティシエとか、野菜だったら農家とかだって説明を受けて、お前のことを思い出したんだよ』

「俺を…？」

『この前、買わせて貰った酒、すごい美味かったぞ。あっという間に飲んじまった』

「ありがとうございます…！」

試飲した時も小倉は美味しいと褒めてくれたが、あっという間に飲んでしまったというのはお世辞抜きに美味かったのだというのが伝わり嬉しくなる。小倉は『それで』と話を続けた。

『担当者に酒でもいいかと聞いたら大丈夫だっていうんで、お前のことを話したんだ。ラグビーの仲間だった奴で、実家の酒蔵を継いで酒造りをしてるって話したら、担当者がお前のところで取材させてくれないかって…記事の中に酒蔵の写真とかを一緒に入れたいんだそうだ』

「……」

実家を継いで、と小倉が発した言葉がチクリと胸に刺さる。「実家に戻った」とは言ったが、「実家を継いだ」と言った覚えはない。

けれど、第三者にとっては同じようなものだ。事情を知っている相手にだって、失踪した兄に代わって酒蔵を継いだ次男…と見られている。

わざわざ訂正するほどのことでもない。それよりも、鵲瑞を紹介してくれようとしている小倉に礼を言うべきだ。

「…そうなんですか。ありがとうございます。嬉しいんですが…取材なんて、初めてでどうしたらいいか分からなくて」

『大丈夫だ。向こうはプロだし、何とかしてくれるさ。引き受けてくれるなら話を進めて貰うが…』

「お願いします」

今は細かなことにこだわっている場合ではない。酒が売れるチャンスは逃せない。響は小倉からの申し出を了承し、相手先へよろしく伝えてくれるように頼んだ。

小倉との通話を切ると、響は中浦に取材の件を伝えに行こうと急いで階段を下りた。すると。

「…三葉？」

廊下の端に三葉が立っていた。しょんぼりしている様子を不思議に思う響を見た三葉は、泣きそうな顔で「すみません」と詫びた。

「どうした？」

三葉に謝られる心当たりはない。何かやらかしたのかと尋ねる響に、三葉は融資が下りなかったのは自分のせいだと言い出した。

「三葉のおまじないが…きかなくて」

真剣におまじないがきくと思っているらしい三葉に響は唖然とする。いやいやと首を横に振り、おまじないのせいじゃないと伝えた。

「元々、無理そうだったし、駄目だったのは実績が足りなかったせいだ。おまじないは関係ない」

「でも…」

「それに…きかなかったわけでもない。お前のおまじないは『いいこと』を起こせるんだろ？」

「はい…」

そのはずなのですが…と肩を落とす三葉に、響はいいことなら起きたと笑みを浮かべる。意識していなかった相手からも応援を受けているのが分かったし、それに。

「取材を受けることになったぞ」

「取材…とは？」

「この前、デパートで酒を買ってくれたラグビーの人、覚えてるか？　あの人がうちを紹介してくれるそうだ。宣伝になるぞ」

「そうなのですか！」

響自身、取材というのがどういうものかよく分かっていなかったので、三葉はそれ以上に分かっていなかったのだが、宣伝になるという言葉を聞いて喜んだ。宣伝すれば一本でも多く酒が売れるかもしれない。

目を丸くしてぴょんと飛び上がる三葉のお団子をぽんぽんと叩いた響は、事務所に行って来ると告げて母屋を飛び出した。

事務所にいた中浦に小倉との関係や再会、更に連絡のあった取材の話を伝えると、彼はすぐには喜ばなかった。

てっきり「よかったですね！」と言ってくれると思っていた響が、肩透かしを食らった気分でいると、中浦は真面目な顔で現実的な問題点を挙げる。

「それは…江南酒造にとっては大変有り難い話ですが、響さんにとってはリスクのある内容だと思います」

「リスクというと…」

「恐らく、取材をする側が欲しい『物語』は『怪我で引退した元ラグビー選手が経営危機に陥った実家の酒蔵を継いで再起を目指して頑張っている』というものだと思います。それを先輩の有名ラグビー選手が応援しようとしている…とまとめようとするでしょうね」

「……」

中浦の指摘は響自身が引っかかった「実家を継いで」という言葉に通じるものだった。唇を引き結び、黙っている響を中浦は冷静な目で見つめる。

「響さんが自分の本心を…お兄さんが帰って来るまでの間の繋ぎで、江南酒造を継ぐつもりはないのだということを、正直に取材相手に伝えたとしても、考慮して貰えない可能性は高いと思います。たとえ細かいニュアンスとしてそれらの材料を記事に入れてくれたとしても、全体の印象は変わらないでしょう。記事を読む側が受け取る情報は『酒蔵を継いで頑張っている元ラグビー選手』だと思います。向こうの取材対象は江南酒造ではなく、小倉さんという有名選手なんですから」

　確かにその通りだと響は頷いた。中浦が遠回しに確認しようとしていることも察しがつき、「分かっています」と返す。

「小倉さんとラグビーの『ついで』だとしても、宣伝になると思うんです。中浦さんが心配してくれているのは…俺に江南酒造を継ぐつもりはないのに、そう見られてしまうことですよね？」

「はい。今でも響さんが継いだと考えてる人は多いですが、もっと多くの人にそう思われるでしょうし…それに。ラグビー関係者にも広く伝わってしまいますよ？」

　長くラグビーに携わっていた響は酒造関係よりも、ラグビー関係の知り合いの方が多い。彼らに実家に戻ったことについてどう伝えているのかを中浦は聞いていなかったが、環の失踪などについては触れていないのだろうと考えていた。

　環が戻ったら、響は自分がいた世界へ戻って行くつもりなのだろうとも。

「響さんにとって…ラグビーは財産であり切り札でしょう。それを江南酒造の為に使うのは……」

「構いません」

言葉を遮って言い切った響を、中浦はじっと見つめる。その表情に迷いはなく、口元には笑みさえ滲んでいた。

「うちを継いだと思われるのに抵抗感があるのは確かです。でも、俺は酒が売りたいし、売って金を稼いで、秋田がもっと美味い酒を造れるようにしたい。その為になるなら、何だってします」

とうに覚悟は決めているというような響の顔を目にした中浦は、自分が愚にもつかない忠告をした気分になって、「すみませんでした」と詫びた。響は慌てて「とんでもない」と首を横に振る。

「中浦さんが言葉にしてくれて助かりました。もやもやするところもあったんですが、自分にとってのメリットとデメリットがはっきりしてよかったです」

余計に腹がくくれた。そう言って響が笑うと、「お昼ご飯よー」と知らせる聡子の声が聞こえて来た。

響が取材を了承したその日の夕方にはWEBサイトを制作している会社の担当者から連

絡があり、メールでのやりとりを何度かした後、翌週に江南酒造へ小倉本人と取材者たちが訪れることが決まった。

取材など誰もが初めてで、どうしたらいいのかと朝食昼食夕食の間にあれこれ相談してみたものの、正解を導き出せる者はいなかった。

それにどのみち、取材対象は響だ。仕込みがあるので蔵を離れることは出来ない秋田たちは、他人事(ひとごと)めいた応援を送る。

「響さん、頑張って下さい」

「応援してるっス」

「WEBサイトに記事が載るんですよね。うちのオンラインショップも宣伝して下さいね」

「三葉は奉公人としておそばに控えておりますので！」

皆に励まされ、迎えた取材当日。約束の午後一時に江南酒造を訪ねて来たのは、小倉と制作会社の担当者、ライター、カメラマンの計四人だった。響は中浦と三葉と共に門の前で一行を出迎えた。

「小倉さん、遠くまで来て頂き、ありがとうございます。……うちの経理部長の中浦さんと、営業の三葉です」

「初めまして、小倉です。三葉さんとはデパートで会いましたよね。よろしくお願いします」

「先日お電話差し上げた青山です。今日はカメラマンの篠原と、ライターの森と一緒に伺いました。どうぞよろしくお願いします」

小倉の隣にいた女性が、制作会社の担当者である青山だと名乗る。彼女とは電話で挨拶し、メールで何度かやりとりをした。

青山も連れの篠原と森も、三十代半ばから四十前後くらいの年頃で、仕事に慣れている雰囲気があった。それに対し、取材が初めての響たちは緊張した面持ちで「よろしくお願いします」と頭を下げる。

一同で敷地内へ入ると、青山は山を背景にして酒蔵や母屋などが並ぶ景色を眺め、興奮した様子でとても絵になると褒めた。

「表の漆喰壁も酒樽のあったお店の外観も素敵でしたけど、蔵とか…あちらはお住まいですか？ 古民家って感じで…すごく老舗っぽいですよね！」

「先に全体を見学させて貰って、小倉さんと話をしている写真を撮る場所を決めたいんですが…」

ライターの森からの申し出を受け、全員で酒蔵の方へ移動する。歩きながら響がざっくり説明した。

「あれが仕込みをやってる蔵で…その奥のが貯蔵蔵で、その向こうに見えるのが一番古い東蔵ですね。あれはほぼ使ってなくて…それから、あっちが瓶詰めや出荷なんかを行う蔵で…こっちは母屋です」

「今って仕込みやってますか？」

そう聞いたのはカメラマンの篠原で、出来ればその様子を写真に撮りたいと言う。秋田に聞いて来るように響から指示された三葉は、仕込み蔵へ急いで向かう。

「秋田さん！」

蔵へ入るなり、秋田の名を叫んだ三葉に、道具を洗っていた高階が「分析室にいるよ」と教える。三葉は分析室へ駆けつけ、ドアを開けた。

「カメラマンさんが仕込みの様子を写真に撮りたいそうです！」

「えっ！」

入って来るなり用件を伝える三葉に、メスシリンダーを手にしていた秋田は驚いて椅子から立ち上がる。

「大丈夫かどうか、響さんに聞いて来るように言われました」

「写真って…ええ…写真かあ」

どきどきした顔で秋田は呟きながら、三葉と共に分析室を出る。洗い場にいた高階には三葉の声が聞こえていて、作業の手を止めて秋田と同じようにどきどきしていた。

「カメラマンまで来てるんだー。俺も写っちゃうかな」

「てっきり響さんだけ撮られるかと思ってたんだけど…」

「カメラマン!?」

更に話を聞いた塚越が仕込みタンクの裏から飛び出して来る。どういうことだと事情を聞かれた三葉が仕込みをしている写真を撮りたいそうなんです…と伝えると、塚越は表情を険しくした。

「ちょっ…それはまずいって！　あたし、頭、プリンなんだけど！」

仕込みの間は忙しく、美容院に行く暇もないので、塚越の金髪は根元が黒くなってしまっている。いわゆる「プリン」の状態で写真に撮られたくないと騒ぐ塚越に、秋田と高階は肩を竦めた。

「そのままで写れば大丈夫だよ。帽子とマスクで髪どころか顔も分からないから」

「このままでなんか撮らないし！」

「だから、そろそろ黒に戻したらって言ってるじゃないですかー」

「可愛くないからやだ！」

「あのう…」

狼狽えつつも盛り上がっている三人に、三葉は遠慮がちに声をかける。大丈夫なのか、大丈夫じゃないのか。自分は響に伝えに行かなくてはいけないのだが…。

「三葉はなんて言えば…」

話の流れ的に無理なのだろうか。素直に受け取って不安がる三葉に、三人は「大丈夫」とハモって答えた。

三葉は首を傾げつつも蔵を出て、伝令に走る。中庭で談笑していた響に向け、三葉は「大丈夫だそうです！」と報告した。

三葉の知らせを聞き、皆で仕込み蔵へ移動し、出入り口の扉を開けると、入ってすぐのところで秋田、塚越、高階の三人が整列して待っていた。

「よ、ようこそお越し下さいました。杜氏の秋田です」

「蔵人の塚越です」

「高階です」

ガチガチに緊張した顔で挨拶する三人に笑いそうになりながら、響は小倉や青山たちを紹介する。その後、いつも通りにして下さいと青山に言われ、三人はそれぞれの仕事に戻り、その様子を篠原が写真に撮っていった。

以前に酒蔵の取材をしたことがあるというライターの森は酒造りに関する知識が豊富で、秋田と話が盛り上がった。しかし、今日の主役は小倉である。篠原が一通り写真を撮り終えた後、仕込み蔵を出て中庭に向かった。

三葉が秋田へ許可を取りに行っている間に、小倉と響にインタビューする写真は中庭で撮ることが決まっていた。

蔵が背景に入る場所へ、母屋側の庭に元々置かれていた陶器製のテーブルと椅子を移動させた。それに小倉と響が腰掛け、森がインタビュアーとして話を先導する形で対談が始まった。

「お二人はいつからのお知り合いなんでしょうか」

事前の打ち合わせでおおよそのシナリオを知らされていた。ラグビーに関する話から始めると分かっていたので、響も小倉の答えにあわせて話をする。

元々、小倉の方が先輩で、ラグビー選手としてもずっと格上だ。自分にとっては雲の上の人だった…と話す響に、小倉は反論する。

「江南は大学の時の怪我(けが)が原因で引退しましたが、あれがなければトップリーグでも活躍してただろうし、日本代表にだって選ばれてたはずなんですよ」

「それは買いかぶり過ぎです」

「いやいや…」

ラグビーの話は尽きそうになかったが、対談のテーマは「食」だ。森がそれとなく、二人の再会について触れると、小倉はテーブルの上に置かれていた「鵲瑞」の瓶を手にとった。

「出張先のデパートで偶々(たまたま)通りかかった酒売り場に、江南が立ってたんでびっくりしました。会うのは久しぶりだったんですが、すぐに分かりました。お互い、デカいので。しかも、酒を売ってたんで」

二度びっくりした…と話し、響が酒蔵の息子だというのは知らなかったのだと続けた。

「江南さんは大学卒業後は就職されたんですか？」

「はい。ラグビーは大学の時に辞めたので…一般企業に。就職してからも社会人チームのマネージャーをさせて貰ったりして…小倉さんにも会いましたよね」

「ああ。マネージャーとしても優秀だったんで、日本代表の仕事を紹介したこともあったよな」

「こちらにはいつ戻られたんですか？」

「三年半くらい前になります。実は…経営が厳しくなって一度倒産しかけたんです。それで戻って来た感じで…今は少人数で酒造りをしてます」

「江南さんも仕込みを手伝ってるんですか？」

「もちろんです。役に立ってるかどうかは分かりませんが」

「先ほど杜氏さんにお会いしましたけど、お若いですよね？」

「はい。杜氏も蔵人も、皆、俺より若いです」

「すごいよな。あんなに若くてもこんな美味(うま)い酒が造れるって」

小倉は感心し、「鵲瑞」がどれほど美味(おい)しかったかを語る。三本が瞬く間になくなってしまった、今日はたくさん買って帰るつもりだと話す小倉に便乗して、響はオンラインショップもあります…と高階に言われていた宣伝を差し込んだ。

対談の流れは中浦が言った通り、「怪我で引退した元ラグビー選手が経営危機に陥った実家の酒蔵を継いで再起を目指して頑張っている」というあらすじに沿ったものだったが、響に躊躇(ためら)いはなかった。嘘(うそ)を吐いているわけではないし、これで購入してみようと思ってくれる人がいるならば、有り難い。

最後は小倉が響にエールを送るという形で終わり、篠原が対談後の二人の写真を撮った。

「ＯＫです」という声を聞き、響はほっと肩の荷を下ろす。

小倉に礼を言い、立ち上がろうとしたところへ、「終わりましたか？」と確認する三葉の声が聞こえた。

最初は中浦や青山と対談の様子を見ていた三葉の姿が途中から消えたのに響も気づいていた。何処(どこ)へ行ったのかと思っていたのだが。

「青山さんにお聞きしたら、森さんも篠原さんもお飲みになるとのことでしたから、お酒をご用意しましたので、是非どうぞ！」

三葉が運んで来た長手盆には酒器とつまみが載せられていた。三葉の後ろには酒瓶を持った聡子がついている。

「小倉さん、先日はありがとうございました。その上、こんないい機会を頂きまして…本当に感謝しております」

聡子は小倉に挨拶し、三葉と一緒に鵲瑞マーク入りのおちょこに酒を注ぐ。つまみは楊枝でも食べられるサイズのものが用意されていた。

板わさ、アボカドの焼き海苔和え、ホタテの刺身に柚子味噌をのせたもの、小エビとスライスした茹で卵のクラッカー載せ、ドライいちじくとクリームチーズ。

伊万里焼の大皿に点々と盛られたつまみは見た目も華やかで、青山と森は「わあ」と嬉しそうな声を上げ、篠原はすかさずカメラを構えた。

「美味しそう！　ありがとうございます」

「これは奥様が？　お料理上手なんですね」

「いえいえ。ほとんど三葉ちゃんが用意してくれたんですよ」

料理上手は三葉なのだと聡子が紹介すると、三葉は「とんでもない」と謙遜し、つまみよりも酒の方が美味しいと勧める。

「まずはこちらの…純米吟醸をどうぞ」

用意したおちょこは小倉の分もあわせて四つ。響は自分も欲しいと言いたげだったが、小倉の前であるせいか、口には出さなかった。

小倉は既に飲んでいるが、青山たちには初めての「鵲瑞」である。どうだろうと見守る三葉たちの前で、全員が美味しいと目を見張った。

「すごく…濃厚なのにさらりとしている感じで…」

「これ、本当に美味しいですね」

「酒米は地元産のものを使ってるって、さっき杜氏さんから聞きましたけど…地酒っぽい力強さより大吟醸に負けない繊細さを感じますね」

酒蔵への取材経験もある森が感心して言うのに「そうなんです！」と三葉は力強く同意する。

「そして、こちらは純米なんですが、皆さん、ずっと外にいらして冷えたかと思いまして、燗をつけて参りました。ひやでも美味しいのですが、お燗もいいのです」

違うおちょこに徳利から酒を注いで配る。今度は小倉が真っ先に「美味い！」と声を上げた。

「これは純米？　この前、俺が買ったやつに入ってました？」

「はい」

「そうかー。飲みやすいかと思って全部冷やして飲んじゃったからなあ。お燗にするとまた違う美味さが出るんだ」

「そうなのです。こちらの純米は冷やしてももちろん美味しいのですが、熱燗の美味しさが格別なのです」

なるほどと頷き、小倉がおちょこを空けると、三葉はすかさずおかわりを注ぐ。

それから。

です」

「在庫の関係で、デパートには持って行けなかったのですが、こちらの梅酒もお勧めなのです」

梅酒の瓶を取り出して見せる三葉に、小倉は梅酒も造っているのかと驚いた。響が実は一番の売れ筋商品なのだと説明する。

「酒蔵って梅酒や他の果実酒を造ってるところが多いんですよ。うちも地元産の梅と日本酒で仕込んでるんですが、ほとんどが地元で消費されてしまうので、外では売ってないんです」

貴重なものだと聞き、小倉はもちろん、青山たちも是非飲みたいとおちょこを差し出した。それぞれに梅酒を注ぐと、またしても飲んですぐに歓声があがる。

「美味しいー！」

「香りがいいなあ。梅のいい香りがする」

「ほどよく甘くてすっきりした飲み口もいいよね」

「これ、絶対に買って帰りたいんですけど、ありますか？」

直営店には在庫がありますと答え、三葉は母屋の向かい側にある店を指さす。

江南酒造の敷地(しきち)内にある直営店は、以前は時間を決めて開けていたが、社員の大部分が辞めてしまってからは人手不足もあって、客が来た時だけ営業している。

一通り試飲を終えると、話をしていた中庭を横切って、事務所横にある店舗へ向かった。

中浦が事務所から持って来た鍵で裏口から店内へ入り、正面の出入り口を開ける。毎日営業していない店内は寂しげで、響が打ち明けた倒産危機を裏付ける雰囲気が漂っていた。

店の中へ足を踏み入れた小倉たちが気まずそうな表情を浮かべるのを見て、響は正直に状況を伝える。

「日本酒は消費量全体が減ってるので、こういう店を維持するのはなかなか厳しいんです」

だからこそ、メディアで取り上げて貰える(もら)のは有り難いのだと続ける。小倉は不思議そうに「美味い酒なのにな」と呟き(つぶや)、自分がたくさん買うと宣言した。

「宅配で送って貰えますよね？」

「もちろんです！」

「私も送って欲しいです」

小倉に続き、青山も森も篠原も、全種類の酒を買うと言い出す。取材に来て貰ったのだからと、聡子は割引価格にしますと言ったが、小倉の方から断られた。

「その代わり、幻の酒とか言われるほど売れるようになっても、俺には特別枠で売ってくれよ」

そんな日が来るかどうかも分からないが、小倉の気遣いが嬉しくて、響は笑って頷いた。

それぞれが欲しい酒の会計をして、送付する為(ため)に宅配の送り状に記入する。最初に手続きを終えた小倉は、響を誘って店の外に出た。

敷地の前を通る公道からも出入り出来るように作られた店の出入り口横には、鵲瑞の酒樽が飾られ、軒下には杉玉がかけられている。新酒の時期が来たのを知らせる為、先日、かけかえたばかりのそれはまだ青々としていた。

「これって、酒蔵によく飾られてるやつだよな。定期的にかえるのか？」

「新酒が出来たのを知らせるって意味があるみたいで…先月にかえたばかりなんですよ」

江南酒造では大体、十一月にかえていると聞き、小倉は「へえ」と珍しげに眺めて相槌を打つ。それから改めて「ありがとう」と取材への協力に礼を言った。

「礼を言わなきゃいけないのは俺の方です。しかも、こんなところまで来て貰って…」

「いいところだよな。山に囲まれてて自然豊かで…ちょっと寒いが」

十二月に入り、雪の舞う日も多くなっている。鵲市は深く積もったりはしないが、山間の為に冷え込みは厳しい。

帰って来たばかりの頃は自分もきつかったと言い、響は中へ入りましょうかと誘ったが、小倉は頷かなかった。

七洞川沿いに広がる圃場と、山裾の間に位置する江南酒造の近辺には他の民家などはなく、いたってのどかな風景が広がっている。横浜育ちの小倉には田舎が珍しいのかもしれないと思い、一緒に田圃を眺めていると「悪かった」と詫びられた。

「小倉さん？」

小倉に謝られる心当たりはない。世話になったのは自分の方だ。だから、さっきも礼を言ったのだが…。

怪訝に思う響に、小倉はその理由を伝える。

「ここに来るまでの間に青山さんから、お前の兄さんの話を聞いたんだ。経営がうまくいかなくて手伝いに戻ったような話をしてたから…まさか兄さんが失踪したとか、そんな事情があったとは知らなくて…」

気軽に対談を頼んでしまったと言う小倉は反省しているようで、響は困惑した。

小倉から頼まれて取材を引き受けた後、連絡して来た担当者の青山にはメールで兄が失踪しているという事情を伝えた。黙っていて後から分かり、誤解を生むのはまずい。

小倉にも話しておこうか迷ったが、なんとなく連絡しそびれてしまった。青山から聞くだろうという考えがあったせいもある。

響は詫びなくてはいけないのは自分の方だと言って、小倉に頭を下げた。

「すみません。俺からちゃんと話すべきだったんですが…色々と思うところがありまして。…実は…ずっと実家とは疎遠になってたんです。跡取りとして育てられた兄とは違って、俺は蚊帳の外で…それにラグビーがありましたから。高校で家を出て…家業を継ぐなんて想像したこともなかったんです。うちは父が亡くなっているので、兄がいなくなった後、母一人になってしまって…それで帰っては来たものの、どうしたらいいか分からず…戻ってからずっとぼんやりしてました。今更なんで俺がっていう気持ちもあって」

態度にも口にも出さないようにしていたが、やる気のなさは周囲に伝わっていただろうし、周囲もまた自分に気を遣って期待をしないでくれていた。

ただいるだけ、という状況が続いていたのが変わったのは最近だ。

「仕込み蔵にいた杜氏の秋田と蔵人の塚越と高階は、経営が行き詰まって兄が失踪し、社員が次々辞めていく中でも、残ってくれた奴らなんです。秋田は老舗と呼ばれるうちの酒を絶やさないように…努力して酒造りを続けてくれました。その酒は毎年美味くなっていくんです。これを売るのが…俺の仕事だなって、うちを継ぐとか継がないとか、そういう問題じゃなくて、秋田の酒を売りたいって思うようになって…」

それで…と言って、隣の小倉を見た響は、彼が目を潤ませているのに気づき、ぎょっとする。同時に、小倉が感動しやすい質であるのを思い出した。

「おぐ…らさ…」

「分かるぞっ…！　分かるぞ、江南っ！」

泣くほどのいい話ではないと言おうとした響は、がしりと肩を組まれて言葉に詰まる。

小倉は何度も頷き、自分も同じ境遇なのだと話し出した。

「俺も親父が急に亡くなって、お袋から戻って来てくれって頼まれて帰ったものの、宙ぶらりんで困ってるんだ。会社は俺なんかいなくても回るのに、お袋は俺がいないと駄目だって言うし…ラグビーしかやって来なかったから難しい話されてもよく分からないし」

「そう…なんですか」

小倉に再会した時、彼も実家に戻ったと聞いていたが、そんな境遇にいたとは。たとえスター選手であったとしても、畑違いの場所では居心地の悪い思いをするものなのだろう。

響はなんて言えばいいか分からず、取り敢えず、「頑張って下さい」と励ました。

「許して貰えるのなら、焦らないでぼんやりしてるのも手ですよ」

「そうなのか？」

「なんとなく、自分のするべきことが見えて来ます」

たぶん。笑ってそう付け加えると、小倉は「たぶんかあ」と自信なげに繰り返す。田圃の先を見つめ、「お前は」と響に尋ねた。

「兄さんが戻って来たらどうするんだ？」

「……」

「一緒にやるのか？」

思いがけない質問に、響はすぐに答えられなかった。環が戻って来るかもしれないという考えは月日が経つにつれて薄れ、最近では全くといっていいほど、なりを潜めていた。けれど、その可能性はゼロではない。響は深く息を吐き、「分かりません」と正直な心情を返す。

「その時になってみないと…」

今頃、何処(どこ)で何をしているのだろう。最後に環と会ったのはいつだったか。

思い出そうとしてもはっきりとした形にならない環の顔が、自分たちの間の距離を表しているような気がした。

取材を終え、たくさんの酒を購入した小倉たちが帰って行ったその翌週。WEBサイトに記事がアップされた。事前に連絡を受けていたので、その日の昼食では、皆が食事よりもスマホに夢中だった。

「なんか響さんが実物よりもかっこよく写ってないですか？　詐欺じゃん、これ」

「どういう意味だ」

「楓さん、結局、帽子取らなかったんですね。これじゃ誰か分かりませんよ」

「プリンで写るの、いやだったんだよ」

「うわー俺、思ってたよりアップで撮られてたー」

「秋田さん、キリッとしててかっこいいです。高階さんも洗ってる姿が素敵です」

「そうかな？　釜洗ってるのって、素敵かな？」

「集合写真も撮ったのねー。中浦くんもかっこいいわよ」

「聡子も入ればよかったのに」

「ていうか、これ、三葉入ってないじゃん」

　記事の中程に掲載されていた「江南酒造の皆さん」というキャプションのついた画像には、響と秋田を中心にして、塚越、高階、中浦の計五名が写っている。聡子は所用で写真を撮った時には出かけていたから仕方ないのだが、三葉はその場にいたはずなのに…と眉を曇らせる塚越に、三葉は遠慮したのだと話した。

「三葉は写真に撮って貰うなど…恐れ多いので…」

「恐れ多いって…なんだよ、それ」

「一緒に撮った覚えがあるけどな」

　どうして写ってないのかと不思議がる響に、三葉は「それよりも！」と切り出す。

「うちのお酒を大変褒めて下さっているので…これはネット販売の売上に繋がるのではないでしょうか」

　記事の中では小倉が「鵲瑞」を絶賛し、取材を終えた感想として、ライターの森が「とにかく美味しいので飲んでみる価値がある」と結んでくれていた。それに続いて江南酒造のオンラインショップへのリンクが張ってある。

　オンラインショップ担当の高階は、三葉の指摘に頷き、事務所から持って来ていた社用のパソコンを開く。

「…あ、注文入ってます。記事を読んで買ってくれたのかな」

以前のインフルエンサーほどの勢いではないものの、ぽつぽつ注文が入り始めているのによかったと皆で喜ぶ。どれくらいの宣伝効果が見込めるかは未知数だが、これまで「鵲瑞」を知らなかった人に情報が届けばいい。

そんなことを話しながら昼食を終えたのだが。


次の日になって意外な話が舞い込んで来た。

「取材…？」

蔵で瓶詰め作業をしていた響は、電話が入っているという知らせを受け、事務所へ向かった。電話の相手は先日世話になったライターの森で、取材の礼を言う響に彼女は再度取材をさせて欲しいと申し出た。

まさか、先日の記事に問題があってやり直したりするのだろうか。そんな心配をして事情を聞いた響に、森は別件だと伝えた。

『料理雑誌で日本酒の特集をするんですが、酒蔵さんにスポットを当てたコーナー記事がありまして、それに江南酒造さんはどうかと編集者に提案しましたらＯＫ貰えたんです』

「そうなんですか……」

取り敢えず、やり直しなどではなさそうなのにほっとしつつ、響は曖昧な感じで相槌を打つ。料理雑誌というのがどういうものか想像がつかなかったのだが、森ならば好意的な記事を書いてくれるだろうし、宣伝にもなるはずだ。

そう判断し、取材を了承して、詳細をメールで貰う約束をした。電話を切ると、近くにいた中浦がどういう用件だったのか聞いて来る。

「この前、来てくれた森さんが、今度は雑誌の取材で来るそうです。日本酒の特集を組むとか」

「雑誌ですか。よかったですね」

中年の中浦にとってはWEB媒体よりも雑誌の方が身近な存在だ。中浦は喜びながら日程を確認する。

「年明けですか」

既に十二月も半ばを過ぎ、間もなくクリスマスだ。年末年始が入るので、一月中旬くらいになるんじゃないかと響は答える。

「森さんから希望日程が来たら秋田に相談します。今度は取材対象が秋田になると思うので」

先日の主役は小倉で、「鵲瑞」というお薦めの酒があり、それを造っている酒蔵が後輩の実家であるという筋書きあっての取材だった。しかし、日本酒をメインとした取材であれば、主役は杜氏の秋田だ。

大寒を迎える一月は酒蔵にとって最も忙しい時期でもある。秋田の都合を優先させつつ、何とか時間を取って貰うと言う響に中浦は頷いた。

「そうですね。うちの取材ですから是非受けて欲しいです。ところで、年末は例年通り、三十日まででしょうか？」

「だと思います。それも確認します」

中浦に返事をして響は事務所を出て仕事に戻ろうとした。その途中、三葉が母屋から出て来るのが見えて声をかける。手伝いに行こうとしていた三葉と合流し、蔵へ向かった。

「響さん。知ってますか？　来週はクリスマスなんですよ」

「おう。そうだな」

「クリスマスにはケーキを食べるんですよ」

「そうだな」

「チキンも食べるんですよ」

「そう…だな」

「皆でパーティもするんです」

「そう…かな？」

何気なく相槌を打っていた響は途中からなんだかおかしくなった気がして首を捻る。こんなに念押ししてくるのは。

もしかして。

「楽しみなのか？」

三葉はクリスマスを楽しみにしているのだろうかと思い、率直に聞いてみると、あわあわと慌てふためいてお団子を揺らす。

「そんな…楽しみなんて…その…あの」

「クリスマスか…。東京にいた頃は飲みに行ったりしたが、こっちに帰って来てからは全然だな。年末まで仕込みで忙しくてクリスマスどころじゃないからな」

「そう…ですね」

響の話を聞いた三葉ははっとし、反省したように項垂れて頷いた。一人で浮かれてしまったのを「すみません」と詫びる三葉に、響は不思議そうにどうして謝るのかと聞く。

「いいじゃないか。楽しみにするのは。パーティはちょっと無理だろうが、晩飯にでも出してくれよ。チキン」

「……！　はいっ！」

俺はそれを楽しみにする。響の言葉を聞いた三葉は顔を輝かせて胸を叩き「お任せ下さい！」と大仰に請け合った。ちょうど蔵に着いたところで、瓶詰め機の横で作業をしていた塚越が、三葉の声を耳にして何の話かと聞いて来る。

　響は機械に負けじと声を大きくして塚越にごちそうを作って貰えるぞと伝えた。

「三葉がクリスマスにごちそうを作ってくれるって」

「マジで!? でもな…クリスマスのあたりは年内最後の製麹だから…」

　ごちそうと聞いて喜んだものの、仕込みのスケジュールを思い浮かべて塚越は表情を曇らせる。クリスマスだと浮かれていられる状況ではないのだが、三葉のごちそうは捨てがたい。

「簡単に食べられるごちそうにして」

「簡単にですね。承知しました！」

「クリスマスかあ…」

　一緒に仕事していた高階も押し迫った年末を思い、遠い目で呟く。高階の懸念材料は発送だった。

「年末に向けての出荷がピークの頃だよなあ。終わってるかな…」

「終わらない仕事はないぞ。…ところで、秋田は？」

　何処にいるのかと聞くと、分析室にいると塚越が答える。響は三葉に塚越たちを手伝うように指示し、分析室へ向かった。

　上槽のタイミングをはかる為の醪の分析はほぼ毎日行われており、秋田しか出来ない仕事だから、毎日、一定時間分析室にいる。響がドアを開けて「秋田」と呼ぶと、アルコール度数を測る為の蒸留作業をしていた。

「瓶詰め、終わりましたか？」

「もうすぐ終わる。それより…この前、取材に来た森さんって覚えてるか？」

「あー…ショートカットで眼鏡の？」

「ああ。あの人からうちの取材をしたいって連絡が来たんだ」

料理雑誌で日本酒の特集が組まれる…という説明を続けると、秋田は「本当ですか!?」と叫んで立ち上がった。

その驚き方は先日の取材とは段違いのもので、不思議に思う響に、秋田は事情を説明する。

「その雑誌の日本酒特集、有名なんですよ。あれに載れるなんてめっちゃ嬉しいです！」

「そうなのか。俺は全然詳しくないから分からんが、今度の取材はお前が主役だから…」

「えっ」

「えって…そりゃそうだろ。うちの杜氏はお前なんだから」

「でもっ…蔵元…いや、蔵元代理は響さんで…」

「だとしても、酒を造ってるのはお前だろ」

だから、取材のメインはお前だと言われた秋田は動揺し始めた。大喜びしたばかりなのに、自分はあんな有名な雑誌に載るほどじゃないと、正反対なことを言い出して、響は呆れる。

「どっちなんだよ…。俺としては宣伝になるなら何でも引き受けたいんだ。ＯＫしていいよな？」

「う、う、う、そうですよね…うー」

「森さんの方から日程の連絡が来たら相談させてくれ。それと、年内は三十日まででいいのか？」

中浦から頼まれた確認をすると、動揺の続いている秋田は頭をかくかく動かして頷いた。響は「分かった」と言い、分析室を出ようとしたところで、ふと思い出して秋田を振り返る。

「そういえば…決まったか？」

何がとは言わなかったが、新しい銘柄の件だと秋田には通じていた。秋田は座り直しかけていた体勢を戻し、姿勢よく立ってもう少し待って欲しいと返事する。

「ちょっと考えてて…」

「分かった」

秋田の納得がいく名前をつけて欲しい。ゆっくり考えてくれと言い残し、響は分析室を出て瓶詰め作業の手伝いに戻った。既に予定していた瓶詰めは終わり、機械は止まっていたので、三人の話し声が聞こえて来る。

「クリスマスってローストチキンって感じですけど、うちは唐揚げだったんですよ」

「唐揚げって、クリスマスっぽくなくない？」

「でも、ケンタ食べるじゃないですか。あれも唐揚げでしょ」

「いや、ケンタは唐揚げじゃないだろ」

唐揚げとケンタの共通点は鶏肉だ。クリスマスのチキンの話かと思いながら近付いて行くと。

「ケンタってなんですか？」

三葉の素朴な疑問に塚越と高階が驚く。

「三葉、ケンタ食ったことないの？」

「そっか…三葉ちゃん、山奥育ちだから。いや、何でもいいんだよ。三葉ちゃんの料理なら何でも美味しいから」

クリスマスを楽しみにしていると高階に言われても三葉の頭の中はぐるぐるしていて首を傾げる。

「ローストチキン…唐揚げ…ケンタ…」

どれが正解なのか分からなくなり迷う三葉を後ろから見ていた響は、高階と同じく「何でもいいからな」と声をかけた。そして、よかれと思って余計な一言を付け加えてしまう。

「油淋鶏(ユーリンチー)でもいいぞ。お前の作るやつ、美味(うま)いから」

「待って、響さん。クリスマスに油淋鶏はないでしょ⁉」

「鶏肉の範囲、広すぎません⁉」

ちょっとそれは…と突っ込みを入れる塚越たちをよそに、三葉は「ローストチキン…唐揚げ…ケンタ…油淋鶏…」と呟きながら頭を悩ませたのだった。


「奥様、お話があります」

真剣な表情の三葉にそう切り出された聡子はどきりとした。夕食後。お茶を飲みながらテレビのバラエティ番組を見て、ケタケタ笑っていたら、台所で片付けをしていた三葉が戻って来て畳に正座した。

何かあったのだろうかと心配になり、こたつから出て、三葉を真似(まね)て正座する。響たちは夕食後、蔵へ行ったまま帰って来ていない。

それなのに自分だけテレビを見て笑っていたのが、不謹慎だと叱られるのだろうか。かつて、厳しい姑(しゅうとめ)に散々叱られ厭(いや)みを言われた記憶が蘇(よみがえ)って来る。

だから。

「ごめんなさい」

「え？」

「そうよね。響も秋田くんもまだ仕事してるのに、私だけこたつでテレビ見て笑ってちゃいけないわよね。反省します」

「違います、違います。奥様はどうぞゆっくりされて下さい。響さんもそうして欲しいと思っているはずですし、三葉も奥様には寛いで頂きたいので…」

「そうなの？」

「もちろんです」

じゃ…三葉が怖い顔だったのはどうしてなのか。不思議に思って首を傾げる聡子に、三葉はジャージのポケットから折りたたまれた紙片を取り出した。

「これを…ご覧下さい」

「…あら」

三葉から渡された四つ折りの紙を開くと、可愛らしいイラストが目に飛び込んで来た。ローストチキン、唐揚げ…ピザにキッシュなど、料理のイラストが並んでいる。

「上手ね！　三葉ちゃんが描いたの？」

「はい。写真とかを見て描いてみたのですが…」

すごい、上手と繰り返し褒めていた聡子はふと疑問を抱いた。三葉は何の為にこのイラストを描いたのだろう？

「ところで、三葉ちゃん、これは…」

「クリスマスに作りたいものです」

「クリスマス…」

「晩ご飯にチキンを出してくれと響さんに言われまして、楓さんと高階さんにお話を聞いたら、ローストチキンと唐揚げとケンタと油淋鶏になったんです」

ローストチキンは分かる。ケンタ…ケンタッキーフライドチキンというのも近年定番になっているようだから、理解出来る。しかし、唐揚げと油淋鶏というのは…。

「あ、そうか。この二つは…ケンタッキーと油淋鶏ね！」

三葉が描いたイラストを改めて見て、聡子は頷く。持ち手に飾りがついた骨付きもも肉はローストチキンだと分かったし、その隣は唐揚げっぽかったが、あと二つ並んでいるイラストは似た感じで何か分からなかった。

なるほどーと頷く聡子に、三葉は他のイラストも説明していく。

「メインはこの四つ…鶏もも肉のローストチキンと、にんにくたっぷり唐揚げ、ケンタ風チキン、油淋鶏なんです。それと別に、これがピザで、キッシュで、ラザニアで、ローストビーフで、サラダで、コーンスープで……色々作ったのを大きなお皿に盛りつけたらどうかなって思うんです。楓さんに忙しいから簡単に食べられるごちそうにして欲しいと言われましたし」

「そっか。でも大変そうじゃない？」

これを本当に全部作るつもりなのかと聡子は心配そうに尋ねる。三葉は小鼻を膨らませて大きく頷いた。

「はい！　三葉は飯屋さんですから！　皆さんの胃袋を支えるのが仕事です」

やる気に満ち溢れた顔でお団子を揺らす三葉の決意は固いようだった。蔵の一員として頑張りたいという三葉の意思を尊重し、聡子は自分も出来る限り手伝うと約束する。

「ありがとうございます。奥様…つきましては…」

買い物に連れて行って欲しいとお願いする三葉に、聡子は「任せてちょうだい」と胸を叩いた。


そして、迎えたクリスマスイブ当夜。麹の仕込み途中で夕食を食べに母屋にやって来た響たちは、座卓に用意されていたごちそうを見て歓声を上げた。

「うわ！　この前、話してたやつ、全部あるじゃん！」

「ローストチキンに…唐揚げに…油淋鶏に…え、ケンタは買って来たの？」

驚く高階に聞かれ、三葉は首を横に振る。

「いえ。それはネットで調べて作ってみました。三葉は食べたことがないので分かりませんが、奥様に味見して頂いたところ、近い味になっているようです」

「本当よー。すごく美味しいからたくさん食べて」

席に着いた面々は聡子の勧めに頷いて、思い思いの鶏料理を選ぶ。座卓の中央には唐揚げ、鶏もも肉のローストチキン、ケンタ風チキン、油淋鶏が大皿に盛られて並べられており、自由に取れるようになっていた。

「…ん！　本当にケンタみたい！　さっくさくで美味しいよ、三葉ちゃん！」

「唐揚げもうまい…。にんにく醤油がきいてるわー。肉も柔らかくてジューシーだわ、これ」

「骨つき肉を頬張れるの、贅沢過ぎない？　皮もパリパリなんだけど」

「おい。油淋鶏も普通に美味いぞ」

ガツガツと競い合うように食べながら、どれも美味しいと皆から褒められ、三葉はにこにこ嬉しそうに笑みを浮かべる。頑張って作った甲斐があるというものだ。

「三葉ちゃん、何日も前から料理を考えて、絵まで描いて準備したんだから」

「奥様にもいっぱい手伝って頂いたのです」

二人で買い出しに出かけ、三葉が計画した献立に基づき、山ほど食材を買い込んだ。クリスマスイブの夕食に全てのごちそうが間に合うように手順を考え、昨日から台所で準備を始めていた。

「皆さん、喜んで下さってよかったです！　他の料理も召し上がって下さいね」

各自の席には取り皿以外にも色んな料理を盛りつけたプレートが用意されている。

塚越からリクエストされた「簡単に食べられるごちそう」を目指した皿には、ラザニア、キッシュ、ピザにローストビーフサラダ、小さな器によそったコーンスープにライ麦パンが載っている。

ビュッフェで美味しいものを選んで取って来たみたいな皿を見て、骨つき肉を握り締めたまま、秋田がしみじみと呟く。

「クリスマスなのに…こんなごちそうが食べられるなんて…」

酒蔵で働き始めてから、秋田にとってのクリスマスは終わった後に気づくものになった。

仕込みが最盛期に向かう十二月は言うまでもなく忙しく、更に需要期でもあるから瓶詰めや出荷にもかり出される。その上、一緒に働いていたのが中高年の男性ばかりだったから、クリスマスなんて全く縁がなかった。

経営が傾き、環境が変わってからは、余裕がなさ過ぎてクリスマスのクの字も頭に思い浮かばなかった。

クリスマスの話に加わっていなかった秋田にとってはサプライズだったので、感動し過ぎて気が遠くなり、過去の思い出がメリーゴーラウンドのようにぐるぐる頭の中で回っていた。

「こんなに贅沢してもいいのかな…。バチでも当たるんじゃないかな…」

「なんで泣きそうな顔してるんですか。バチなんか当たりませんよ。それより、このキッシュ、生クリームが濃厚で、めちゃうまですよ」

「ピザも美味いって。これってスーパーで売ってるやつ？」

「違うわよー。キッシュもピザも、三葉ちゃんが粉からこねて作ったのよ」

「マジで!? 三葉、そんなことまで出来るんだ？」

「ネットとテレビがありますので！」

作り方を教えて貰えると胸を張って答える三葉に、全員が尊敬のまなざしを送る。何でも調べられるので簡単だと三葉は言うけれど、いざ作ろうとなるとハードルが高いものだ。

「時間はかかりましたが、こんなに皆さんが喜んで食べて下さるのでよかったです」

たくさん召し上がって下さい…と勧める三葉に頷き、夢中になって食べていると、「間に合ったか？」と聡子に聞く中浦の声が聞こえた。その手には大きな紙袋があり、聡子はさっと立ち上がって、受け取りに向かう。

「ありがとう、中浦くん。さ、座って一緒に食べて」

「すごいごちそうだな。三葉さん、頑張りましたね」

「はい！ 中浦さん、ありがとうございます」

「中浦さん、何処に行ってたんですか？」

車で出て行くのを見ていた高階が不思議そうに聞く。中浦は駅まで行っていたのだと答え、続いて聡子が袋から出した箱を座卓の端に置いて、「これよ」と付け加えた。

「予約してあったケーキを取りに行って貰ってたの」

三葉と街へ買い物へ出かけた日。聡子は三葉がクリスマスケーキの広告をじっと見ているのに気がついた。

まさかケーキまで作る気なのかと聞いてみると、料理をたくさん作らなくてはいけないのでさすがに無理そうで諦めたのだと、三葉は寂しげに答えた。

そんな三葉に聡子は、ケーキは予約しておこうと提案した。駅前の美味しいケーキ屋さんに立ち寄り、一番大きなケーキを頼んで、中浦に取りに行って貰ったのだ。

「ケーキまであるんですか？」

「なに、これ、夢…？」

「駅前のケーキ屋じゃん。あそこのケーキ美味いんだよな」

ごちそうの後にケーキが食べられるという幸運に一同はざわつく。クリスマスとはこんなにしあわせなものだったのか。少なくとも過去三年、クリスマスに無縁だったので、すっかり忘れてしまっていた。

皆がごちそうでお腹がいっぱいになった頃、三葉と聡子はケーキを箱から出して人数分に切り分けた。イチゴや飾りのチョコレート、砂糖菓子をカットしたケーキにそれぞれ載せて出すと、満腹とは思えない速さで胃袋に納める。

「み…皆さん、食べるの速くないですか？」

「ケーキなんて久しぶりだから」

「やっぱ美味い。あそこのケーキ」

「昔から人気ですよね」

「ホールで食える」

　ほぼ二口で食べ終えた響が真面目な顔で言うのを聞き、三葉が自分のケーキを差し出そうとするのを聡子は素早く制止する。キリがないから甘やかさなくていいと言われ、三葉は戸惑いつつも手を引っ込め、皆に感想を聞いた。

「クリスマスのごちそう、ご満足頂けたでしょうか？」

　三葉の問いかけに、全員が大きく頷き「ごちそうさまでした！」と手を合わせる。それから、仕事の続きを頑張ると張り切って蔵へ戻って行った。

「ケーキ、もう一つ買った方がよかったんじゃないか？」

「七人って言ったら、一番大きなサイズで大丈夫だって言われたのよ」

　あんなスピードでなくなるとは思っていなかったと反省する聡子の横で、三葉は自分のケーキを食べ始める。生クリームを一口食べて、はっとした表情になった。

「奥様！　これ、美味しいです！」

真っ白な生クリームは軽やかで甘く、口に入れた途端に溶けてしまう。満面の笑みでクリームの美味しさを聡子に伝えた三葉は、スポンジ部分にフォークを入れ、その柔らかさに驚いた。

ふわふわできめの細かいスポンジを生クリームと一緒に食べると最高だ。更に、イチゴの酸っぱさが生クリームを引き立てる。

「美味しい…美味しいです」

何かに取り憑かれたみたいに美味しいと繰り返し、夢中になってフォークを動かしていた三葉は、あっという間にケーキを食べ尽くしてしまった自分に気づき、恐怖に震えた。

「っ…美味しいから、もっと時間をかけて食べようと思ったのに…、いつの間にかなくなってしまいました！　怖い…怖いです、このケーキ！」

「そんなに美味しかったのね…」

「皆さんが一気に食べてしまった意味が分かります」

うんうんと頷き、同時に三葉はケーキを買うことにしてよかったと安堵していた。作り方をどんなに調べたところで、こんなに美味しいケーキを自分が作れるとは思えない。

「餅は餅屋という言葉の意味が分かった気がします」

「そうねえ。ケーキはやっぱり職人さんの作ったものの方が美味しいかもね」

三葉に同意して、聡子もケーキを食べる。そして。

「あら。本当に美味しい…。中浦くんも食べてみて」

「そうなのか？」

聡子に勧められた中浦も一口食べて「美味しいな」と感心した顔付きで呟く。来年はホールケーキを二つ買って来ようかと相談する二人に、三葉はコーヒーをお淹れしますと言って、台所へ向かった。

三葉の背中が廊下へ消えるのを見届けて、中浦は座卓の下に隠していた紙袋を取り出して聡子に渡す。

「これ。頼まれた物だ」

「ありがとう。助かったわ」

「どうして隠すんだ？」

聡子から買い物を頼まれた時、三葉に見つからないようにそっと渡してくれと言われていた。不思議そうに聞く中浦に、聡子は考えがあるのだと告げる。

紙袋の中にはクリスマスバージョンの包装紙でラッピングされたプレゼントが入っている。

それは…。

三葉は毎晩、午後十時には就寝する。全ての家事を終えた後、聡子に挨拶してから自分の部屋へ戻って行く。

仕込みが始まってから、夜中も仕事をしなきゃいけない響たちを気遣って、三葉は一緒に起きていようとした。しかし、元々夜に弱い三葉が居眠りしてしまっているのを見た聡子は、先に寝るよう勧めた。

三葉ちゃんは早起きなんだから、それで十分よ。そんな聡子の言葉に助けられ、三葉は早寝早起きの規則正しい生活を続けている。

「奥様。お先に失礼します。おやすみなさいませ」

座敷でテレビを見ていた聡子は三葉に「おやすみなさい」と返してから、それとなく音量のボリュームを下げた。三葉の足音が遠ざかっていくのに耳を澄まして、こたつから這い出る。畳の上を四つん這いで移動して廊下へ顔を出し、遠くで三葉が自室の襖を閉めた音を確認した。

それから、テレビを消してこたつに隠してあった紙袋を持って座敷を出た。廊下を忍び足で歩き、勝手口から外へ出て蔵へ向かう。

外は真っ暗でかなり冷え込んでいる。寝間着の上に羽織ったどてらの前を合わせ、小走りで中庭を駆け抜ける。蔵の中に入ると、ちょうど麹の切り返しを終えた響たちが麹室から出て来たところだった。

「響」

聡子は響の名前を呼び、手に持っていた紙袋を翳した。不思議そうな顔で近付いて来た響に紙袋を渡し、中浦に買って来て貰ったものだと伝える。響が紙袋の中を覗いていると、秋田たちも聡子の元へやって来た。

「何かあったんですか？」

夜に聡子が蔵へやって来ることは珍しい。少し心配そうに聞く秋田に、聡子は笑って首を横に振った。

「何もないんだけど…」

「それは？」

響の持っている紙袋に気づいた高階が尋ねると、三葉へのクリスマスプレゼントなのだと聡子が答えた。皆には用意してなくてごめんなさい…と謝って、三葉だけにプレゼントを買った理由を説明する。

「今朝、偶々三葉ちゃんの部屋に入ったら、靴下が置いてあったのよ」

「靴下って…もしかして、サンタ!?」

目を丸くする塚越に、聡子は苦笑して「たぶんね」と言って頷く。

「マジか。あいつ、まだ信じてんの？」

「三葉ちゃんならあり得るかも…」

「欲しいものを書いた紙でも入ってたんですか？」

三葉は何が欲しいと書いていたのか。リクエストに従ってプレゼントを用意したのか。興味津々で尋ねる秋田に、聡子は苦笑したまま、違うのだと答えた。

「それが…そういうんじゃなかったの」

「美味しいお酒が出来ますように…って書いた紙が入ってたんだ」

靴下を見つけた聡子は、偶々近くにいた響にそれを見せた。クリスマスの靴下と言えば、サンタクロースに宛てて貰いたいプレゼントを書いた手紙を入れてツリーにぶら下げる…というのが定番であるが、何かがちょっとずつ違っていた。

「願い事って…七夕じゃないんだから」

「美味しいお酒か…」

呆(あき)れる高階の横で、秋田はしみじみと呟(つぶや)く。三葉の気持ちが嬉(うれ)しいらしく、感動している秋田に、聡子は自分も同じ気持ちになったのだと伝えた。

「三葉ちゃんらしいなって嬉しくなっちゃって。何か三葉ちゃんにプレゼントをあげたいなって思ったのよ。だから、中浦くんがケーキを買いに行く時に一緒にプレゼントを買って来て貰ったの」

それが…これだと、響は聡子から受け取った紙袋を掲げる。

「三葉ちゃんの枕元に置いておいたら、喜びそうじゃない？」

「なるほどー。あいつならサンタからとか思いそう」

「喜ぶと思いますよ」

「もしかして…サンタ役は響さん？」

だから、渡しに来たのかと聞かれ、聡子は頷く。だが、響の方は歓迎しない顔付きだった。

「俺よりも母さんの方がいいって。俺はデカいから気づかれるかも」

「何言ってんの。響の方が素早く動けるでしょ。私はどんくさいから駄目よ」

「なら、秋田が…」

「いやいや」

「楓…」

「無理ー」

「海斗（かいと）…」

「とんでもない」

ここはやはり響が…とサンタ役を押しつけられ、響は閉口する。気づかれたらどうするんだ…と心配する響に、サンタの衣装を着てみたらどうかと皆で勧めたが、渋い顔で却下された。

三葉に気づかれないように、ぐっすり寝入った頃を狙い、時計の針が十二時を過ぎるのを待って、サンタ大作戦は決行された。

そっと襖を開け、部屋に忍び込んで、枕元にプレゼントを置く。代わりに靴下に入っている手紙を抜き取り、三葉に気づかれずに脱出する。

一連のミッションを響は危うくも成功させ、迎えた翌朝。

三葉と同じ母屋に暮らす響と聡子だけでなく、製麴（せいぎく）作業の為（ため）に泊まった塚越、更には宿泊所で寝ていた秋田と高階も、勢揃（せいぞろ）いして三葉が起きて来るのを待っていた。

「秋田たちまで来たのか」

「だって。気になるじゃないですか」

「三葉ちゃんの喜ぶ顔、見たくて」

「プレゼントの中身も気になるよな」

「そろそろ起きて来る頃よ」

座敷の壁にかけられた柱時計を見て、聡子が時間だと皆に告げる。三葉は毎朝、ぴったり五時に起きて来る。聡子の予言通り、間もなくして廊下を走るたたたという足音が近付いて来た。

「奥様！　奥様、起きてらっしゃいますか？　聞いて下さい！　サンタさんが、サンタさんが……！」

高い声を上げ、明かりの点（とも）っている座敷をめがけて走り込んで来た三葉は、そこに聡子だけでなく、響に秋田、塚越に高階まで揃（そろ）っているのを見て息を呑（の）む。

「えっ⁉ どうして…皆さん、お揃いなんですか？」

響が蔵へ行くのは五時半過ぎだし、起きていても聡子だけだと思っていた。何かあったのかと心配する三葉に、響は慌ててごまかす。

「いや、あれだ。今から皆で蔵に行くんだが…ちょっと打ち合わせを…それより、サンタがどうしたって？」

「何持ってんだよ？」

響に続いて、塚越も三葉が抱えている包みを指して、話をそらす。三葉は塚越から聞かれたのにはっとして、サンタからのプレゼントが置かれていたのだと、両手でしっかり摑（つか）んだ包みを見せた。

「朝起きたら…これが置いてあったんです！ これって、サンタさんからのプレゼントですよね⁉」

「よかったわねえ、三葉ちゃん。ご飯作りを頑張ったからよ」

「そうなのでしょうか？ でも…いいのでしょうか？ こんな…本当に…サンタさんが…」

「いいから、開けてみろよ」

戸惑う三葉に、響がプレゼントの中身を見るように勧める。頷いた三葉は慎重にかけられていたリボンを外し、包み紙をとめているシールを外した。

一同が息を呑んで見つめる中、包装紙の中からピンク色の何かが入った透明なビニル袋が現れる。その時点では衣類っぽいということしか分からなかったが、中身を取り出した三葉がそれを広げてみせると、正体が判明した。

「エプロンです！」

嬉しそうに満面の笑みを浮かべ、三葉はプレゼントのエプロンを自分にあててみせる。フリルが大量にあしらわれたベビーピンクのエプロンドレスは、ロマンチックなデザインの大変可愛らしいものだ。

「なんて可愛い……！　こんなに可愛いエプロンが世の中にはあるのですね！」

嬉しそうに三葉はエプロンを持ったままくるくる回る。エプロンの胸元はハートの形になっており、肩紐にも贅沢にギャザーフリルがついている。ウエスト部分は少し色の濃い別布で出来ていて、後ろへ長くのびたそれで大きくリボン結びが出来るようになっていた。

三葉が回る度にそのリボンがひらひらと揺れる。その様子を一同は沈黙したまま、見つめていた。

「……？」

皆の様子がどうもおかしいと気づいた三葉は動きを止めた。聡子も響も、秋田たちも。全員が微妙な表情で黙っているのは何故なのか。

「どうかしましたか？」

サンタからのプレゼントだと大喜びしていた三葉が、少し不安げな表情を浮かべているのに気づいた響は、はっとした。何でもないと首を振り、隣の聡子を肘で突く。

「似合うぞ。なあ、母さん」

「え、ええ。もちろん。似合ってるわ。可愛い…エプロンだもの」

「可愛い…ですよね」

「ああ、可愛いよ。うん、すごく、可愛い」

「マジか？　皆、マジで言ってんのか？　いや、だって、可愛いけど、あれ、なか…」

一人だけ本音を口にしそうになった塚越を、高階と秋田が慌てて抑え込む。口を塞いで腕を取り、「蔵に行って来ます！」と宣言して去って行く三人を響は慌てて追いかけた。

「どうしたんでしょう…皆さん…」

「さあ…」

塚越が言おうとしていた内容を三葉がちっとも分かっていない様子なのにほっとし、聡子は首を傾げて曖昧にごまかした。

三葉が手にしているエプロンは確かに可愛い。三葉にはよく似合っている。

ただ、それを見た瞬間、全員の頭にある情報が浮かんだのだ。そう。昨夜、聡子が話していた「中浦にクリスマスプレゼントのお使いを頼んだ」という情報である。

堅物を絵に描いたような中浦が買って来たとは、とても思えないデザインのエプロンを見て全員が驚愕した。

可愛いと喜ぶ三葉に賛同するよりも、「あれを中浦が？」「ああいうのが好きなのか？」「どんな顔をして買ったのか？」などという疑問で各自の頭はいっぱいになった。

聡子が中浦にお使いを頼んだ時、何がいいだろうかと助言を求められたので、エプロンがいいのではと伝えた。デザインには全く触れなかったが、まさか、ベビーピンクのフリル付きエプロンを買って来るとは。

「でも、こんなに可愛いエプロン…もったいなくて使えませんね…」

中浦のセレクトには驚かされたものの、三葉は喜んでいるし、とても似合いそうだ。使わない方がもったいないと聡子は伝える。

「使った方がサンタさんも喜ぶわよ」

「そうでしょうか？　そういえば、皆さんはサンタさんから何を貰ったのでしょうか？　奥様は…」

「私も皆も何も貰ってないわ。三葉ちゃんだけ。特別よ」

「え…っ」

「三葉ちゃんが頑張ってるからサンタさんが特別にくれたんだと思うわ。さ、朝食の用意しましょ。皆、お腹空かせて戻って来るわよ」

「……！　はい！」

すぐに着替えて来ますと言って、三葉はエプロンを抱えて部屋へ戻って行く。その後ろ姿を眺めながら、聡子はもしも中浦が自分にプレゼントしてくれるとしたら、どんなデザインを選ぶのだろうと考えていた。

思わぬクリスマスプレゼントに驚かされたその日。午後から配達の為、軽トラで出かけていた響は、車を停めて蔵へ行こうとしたところで、洗濯物を取り入れている三葉の姿を見かけた。

いつもなら声をかけずに通り過ぎるところだが、三葉がプレゼントのエプロンをつけているのが目に留まった。母屋側の庭に入ると、響に気づいた三葉が顔を向ける。

「響さん？　何かご用ですか？」

「いや…。やっぱり似合うな」

「そうですか？　ありがとうございます！」

エプロンを指して言う響に、三葉は笑って礼を言う。朝食や昼食の時にはいつもの割烹着姿だったので、もったいなくて使えないのだろうかと思っていたのだが。

「使うことにしたのか？」

「奥様から仕舞っておいたらもったいないと言われて…でも、料理の時は火を使いますので、万が一でも焦がしてしまったりしたらいけませんから、それ以外の時に使うことにしました」

なるほど…と頷（うなず）く響の前で、三葉はにこにこしながら、エプロンのフリル部分を握って布地をはためかせる。お姫様になった気分です。嬉しそうな三葉の呟（つぶや）きを耳にした響は感心する。

あの中浦が…と驚きはしたが、こんなに喜んでいるのだから、中浦は目が利くのだろう。自分なら絶対選べない。

「でも…私だけこんないいものを貰ってしまって…申し訳ないです」

「何言ってんだ。お前が頑張ってるから、貰えたんだろ」

「皆さんも頑張ってらっしゃいます」

「まあ、それはあれだ。ほら、お前はクリスマスのごちそうを頑張って作ったじゃないか。だから、サンタも喜んでプレゼントをくれたんだろ」

全く理由になってないなと思ったが、三葉は不思議には思わなかったようだった。そうなんですか…と頷き、エプロンを見つめる三葉に、響は改めて礼を伝える。

「美味かった。また来年も頼む」

「来年って…気が早くないですか」

今日はまだクリスマス当日だ。さすがに呆れる三葉に、響はもごもごとそれだけ美味かったんだと言い訳し、「そうだ」と話を変えた。三葉に聞こうと思って、忙しくて忘れていたことがある。

「お前、年末は家に帰らなくていいのか?」

「……」

三葉が江南家へやって来て、半年以上。その間、三葉は一度も実家に帰っていない。年末年始くらいは帰った方がいいんじゃないのかと勧める響に、三葉は一瞬間を置いて「大丈夫です」と返した。

「今は仕込みで忙しい時期ですから…お手伝いさせて頂きます」

「だが、仕込みも正月は休みだぞ。予定では三十日の蒸しが最後で、年始は五日が甑初めになるから…」

その間だけでも帰ったらどうだと響が言っても、三葉は頷かなかった。大丈夫です、平気です。そう繰り返す三葉の表情は硬く、何か事情でもあるのだろうかと考える。

三葉が奉公させて欲しいとやって来た時、賃金を払えないからと断ろうとしたが、置いて貰えるだけでいいと粘られた。山奥で貧乏暮らしをしていたようだから、奉公に出されたのは口減らし的な意味合いがあるのではないかと、聡子と共に時代錯誤な想像をした。

「それに…大掃除とか、おせち作りとか。三葉は奥様をお手伝いしなくてはいけませんから…」

残らせて下さい…と三葉は頭を深く下げる。響は困惑して頭を掻き、自分は案じているのだと三葉に伝えた。

「正月くらい帰らないと…家族が心配するんじゃないかと思って」

「お気遣いには及びません。ちゃんと手紙を出しております。兄からも江南家の皆様を第一に考えるよう、言われております」

「そうなのか？　でも、お前は家族に会いたくないのか？　親だってお前の顔を…」

「親はおりません。母は亡くなり、父は旅に出ておりますので」

亡くなったというのは分かるが、旅に出ているというのは？　不思議に思いながらも、響は「そうか」と頷き、ならばと続ける。

「きょうだいは？　兄さん以外にもきょうだいがいるんじゃないのか？」

「はい。姉が四人に妹が二人、弟が一人います」

「随分たくさんいるんだな」

全部で九人きょうだいなのか。数えてみた響は驚きつつ、三葉から実家の話を聞くのは初めてだなと思う。三葉自らが話すことはないので、きょうだいが大勢いるのも知らなかった。

「姉と妹たちは下界へ派遣されていて、正月に戻って来るので、おもてなしが大変なのです。下界では色々と気を遣っておりますので、戻って来た時くらい、羽を伸ばして貰いたいですし、好きなものを食べさせたりしてあげたいですから。他の家でも里帰りをする者が多いので、村をあげてもてなすのです」

「へえ…」

三葉の話を聞きながら、響は少し首を傾げる。下界へ派遣…というのは、三葉のように奉公に出されているという意味なのだろうか？　村をあげてもてなすというのは、他に収入源がないからなのか？

そう考えると、うちは…給金を出せていないのが申し訳なくなる。

「悪いな。うちは…給料が出せてなくて」

「えっ⁉　何を仰ってるんですか！　秋の神事ではあのように立派なお供え物を用意して下さったではありませんか！」

「神事？」

「あっ…いえ、何でもありません。いえ、その…とにかく、三葉は最初に申し上げました通り、江南家にお仕えさせて頂くだけで十分なのです。三葉には江南家を繁栄させるという務めがありますので！」

繁栄なんて大袈裟な。内心では呆れつつも、三葉の気持ちは有り難くて、響は「そうか」と頷く。

実家に戻って家族と会ったりした方が寛げるのではと思ったが、それだけきょうだいが多いとなると、自分が帰ったら食い扶持が増えると三葉は心配しているのかもしれない。あれこれ持たせてもいいが、三葉一人で持って帰れる量はしれている。帰らない方が実家の迷惑にならないと考えているのか。

ならば、余り強く勧めない方がいいなと思い、響は蔵に行って来ると伝えて庭を出た。

蔵へ入ると、響は秋田の姿を捜した。三葉と年末の話をしたことで、予定を確認しておかなくてはいけないのを思い出した。「秋田！」と名前を呼びながら蔵の中を歩いていると、分析室のドアが開いて、秋田が出て来る。

「呼びましたか？」

「ああ。年末なんだが飲食店関係の挨拶ってどうする？」

「大晦日に回るつもりです。やってるところだけですけど」

「俺も付き合うから一緒に行こう」

大晦日から四日まで、塚越と高階、中浦には正月休みを取って貰うが、醪の世話があるので秋田は宿泊所にとどまる。響も戻って来てからは毎年それを手伝っているので、年末年始は多少ゆっくり出来る程度で、休暇という雰囲気はない。

去年と同じ感じだなと言う響に頷いてから、秋田は三葉の顔を思い出したようだった。

「三葉ちゃんは実家に帰ったりしないんですか？」

「さっき聞いてみたんだが、帰らないって言うんだ。たぶん…遠慮してるんじゃないかと思う」

「うちが繁忙期だからですか？」

「っていうより、自分が実家に帰ったら食い扶持が増えるだろう。あいつ、九人きょうだいらしいんだ」

「九人？　それは多いですね」

三葉の実家が貧乏だという話は秋田も聞いている。遠慮という話にも頷けて、「ならば」と続けた。

「三葉ちゃん、おせち作ってくれますかね」

「作るだろ。母さんのおせち作りを手伝わなきゃいけないって言ってたし」

「奥さんのおせちも美味しいですけど、三葉ちゃんが手伝うとなると、豪勢になりそうですよねえ」

昨夜食べたばかりのクリスマスのごちそうを思い出しながら、うっとりと呟く秋田に、響も大きく頷いて同意する。年末も年始も、初詣に行くぐらいで、いつもと変わらない日々を送る予定の二人にとって、楽しみは飲食だけだ。

「じゃ、俺は発送の手伝いして来る。夕方の集荷に間に合わせたいって言ってたから。何か用があったら呼んでくれ」

「あ、響さん。ちょっといいですか?」

「なんだ?」

「銘柄の件なんですが」

立ち去りかけていた響は動きを止めて秋田を見る。新たに起ち上げる銘柄を秋田に決めてくれと頼んであった。決まったのか?と聞く響に頷きながら、秋田はポケットに入れていたスマホを取り出す。

「実は…名前はもう決めてまして、知り合いに文字を書いてくれないかと頼んでたんです。それが出来たみたいで…」

画像が送られて来たのだと言い、スマホを操作する。画像を確認した秋田は、スマホを響に差し出して聞いた。

「どうですか?」

「……」

画面に映し出されていたのは、「じゃくずい」という文字を筆で書いた半紙を撮影したものだった。達筆というだけじゃなくデザイン性にも優れている文字は、素晴らしいとは思うのだが。

「じゃくずい」というのは…。

「いや、待てよ。『じゃくずい』って…ひらがなにしただけじゃないか。俺は新しい名前を…」

「響さんの気持ちは有り難いんですが…やっぱ、うちの酒は『鵲瑞』ですよ」

きっぱりと言う秋田の表情に迷いはなく、響は何も言えなくなる。老舗の看板にこだわる必要はない。秋田が造る新しい酒を、新しい名前で多くの人に知って貰いたい。そう思って、新たな銘柄を起ち上げることを提案したのだが。

絶句する響に、秋田は「それでも」と付け加えた。

「昔ながらの味とは違う、新しい味としてアピールしていくからには、柔軟なイメージが必要だと思い、ひらがなにしてはどうかと思ったんです。それで大学の時のバイト先の友人で、美大出身でデザイン関係の仕事をしてる奴に、文字を書いてくれないかと頼んでたんです。なかなか返事が来なくて、忙しい奴だから無理かと思ったんですが」

突然、これが送られて来た…と少し嬉しそうに秋田はスマホに映っている文字を見つめる。その顔は満足そうで、嬉しそうで。そんな秋田の表情を目にした響は、心の中に残っていた反論が消えていくのを感じた。

秋田の思いを一番に考えるべきだ。強くそう思って、秋田のスマホを覗き込む。

じゃくずい。柔らかく、流れるような文字で書かれている。これがラベルになったら酒の雰囲気がぐっと変わるだろう。

「じゃくずい、か」

ひらがなを意識して口にしてみると、不思議なことにイメージまで変わる気がした。響は大きく息を吐き出し、秋田の肩を叩く。

「分かった。お前がいいならこれでいこう」

「ありがとうございます」

「礼を言わなきゃいけないのは俺の方だろ」

苦笑して返し、これからもよろしく頼むと頭を下げる。

新しい銘柄で、新しい酒を。たくさん売れれば三葉にも十分な手当てが出せるようになるかもしれない。

来年は胸を張って三葉が家に帰れるように。そんな願いを抱いて、酒瓶と段ボールに囲まれて半泣きになっている高階の元へ急いで向かった。

響と秋田の予想通り、三葉は聡子と共におせちの仕込みに勤しんだ。大晦日の夜までには三段重に詰められた立派なおせちが出来上がり、挨拶回りに出かけていた響と秋田の帰りを待って、独身一人暮らしの中浦も呼んで、江南家恒例のすき焼きとなった。

「大晦日と言えば年越し蕎麦っておうちが多いんだろうけど、うちはすき焼きだったのよね」

嫁に来て以来、聡子はずっとすき焼きを用意して来たという。かつては大勢の杜氏や蔵人も一緒に年越ししていたので、労う意味もあってすき焼きだったのだろう…と三葉に話す聡子に、響はすき焼きは大晦日だけじゃなくていいと真面目な顔で言う。

「毎週でもいい」

「そんなお金ないわよ」

「響さん、秋田さん。何を飲まれますか？」

すき焼きの準備は済んでいるので、お酒を用意する為、三葉は希望を聞く。ひやがいいか、お燗をつけるか。はたまた、冷やした純米吟醸か。それとも、秋田が特別なお酒を出してくるのかと期待する三葉に、響は首を横に振る。

「いや。車の運転があるから飲まない」

「どこかへ出かけるんですか？」

大晦日の夜なのに。不思議そうに尋ねる三葉に、年越しの参拝があるのだと秋田が教える。

「鵲神社に皆で集まって年越し参りするんだよ。楓ちゃんも海斗も来るから」

「翔太も来るぞ」

「そうなのですか！」

夜更けに鵲神社へ行くと聞き、三葉は自分も連れて行って貰えるのかと聞いた。響たちはもちろんだと答え、聡子が用意もしてあると付け加える。

「用意と申しますと…」

「晴れ着よ」

聡子の答えを聞いた三葉は慌てて「滅相もございません！」と遠慮したのだが、聡子はあっけらかんともう用意しちゃったからと返す。

「それより、三葉ちゃん。私は出かけないからお酒飲みたいわ。ぬる燗で」

「畏まりました！」

聡子からリクエストを受けた三葉は台所へ走って行く。聡子はぬる燗、中浦はお茶、運転の為に飲めない響に付き合って、秋田と三葉も同じく炭酸水で乾杯し、「お疲れ様でした」と一年の労を労った。

年内の予定が無事に終わったお祝いにと、聡子は奮発して牛肉を買い込んだ。三葉が驚くほどの量だったのに、あっという間に響と秋田の胃袋に飲み込まれてしまった。

「すごい……二キロもあったのに…」

「だから、言ったでしょう？　足りないくらいだって」

「若いですねえ。僕なんか、二枚でお腹いっぱいなのに」

「いや、食べられなくなった方ですよ。これでも」

「俺もです」

もう歳だと嘆く響と秋田に、聡子と中浦は呆れた目を向ける。食後は鍋や食器を皆で片付けた。お茶を淹れて、デザートの干し柿を食べ終えたところで、聡子がそろそろ支度をしようと言い出した。

「三葉ちゃん、こっち来て」

聡子に連れられた三葉が、奥の座敷へ向かうと、鴨居に着物がかけられていた。桜色の訪問着を見て、三葉は「わあ」と声を上げる。

「素敵なお着物ですね！」

「三葉ちゃんにはちょっと地味なんだけど、我慢してね」

それが自分に用意された晴れ着だと知った三葉は、お団子が飛んで行きそうになるほど、首を横に振った。

「いけません！　奥様！　このように上等な着物を…」

「この歳でこんな色は着られないし、もう三葉ちゃんのサイズに直しちゃったから。帯はこれにしましょ」

聡子は三葉よりも背が高く、小柄な三葉に合わせる為に丈を詰めていた。自分はもう着られないと言われて戸惑う三葉に、聡子は金糸の帯を手にして早く着替えようと促す。

「でも…三葉にはもったいない…」

「何を言ってるの。本当はお振り袖を着せてあげたいんだけど、うちは男の子二人だったから着ないと思って譲っちゃったのよね。総絞りのやつ、とっておくんだったわー」

三葉ちゃんに絶対似合ったのに…と惜しみながら、聡子は三葉に着物を着せていく。

かつて老舗酒蔵の若奥様として表に出る機会が多かった聡子の着物箪笥には、多くの着物が眠っている。

それを三葉に着て貰えるのが嬉しいと話す聡子に、三葉は「ありがとうございます」と礼を言う。二人とも着物は着慣れているので、大した手間もかからず着替え終わった。

三葉を姿見の前に立たせて映した聡子は、満足げに頷いた。

「素敵！　可愛いわよ、三葉ちゃん」

「このように立派な着物を着せて頂き…どうしたらいいのか…」

申し訳なさそうにしながらも、三葉の頬は緩みっぱなしで、嬉しがっているのが分かる。

外は冷えるからと、聡子は訪問着の上から羽織るショールを三葉に持たせ、響たちが待つ座敷へ戻った。

「お。いいな！」

「三葉ちゃんはやっぱり着物が似合うよね」

「お似合いですよ。三葉さん」

「ありがとうございます！」

褒めてくれる三人に礼を言って、三葉は響と秋田と共に出かける為に母屋を出る。晴れ着の三葉を軽トラに乗せるわけにはいかないので、聡子の乗用車を借りて出発した。

真っ暗な道を走り、七洞川を目指す。川を越え、堤防沿いに大山方面へ上っていった先に鵲神社はある。

最寄り駅は鵲駅の隣駅である七洞駅で、大晦日から元旦にかけては臨時列車も出るほど参拝客で賑わう。

神社にも駐車場はあるが、初詣の参拝客で混み合う年末から三が日にかけては関係者以外の利用は出来ない。その為、七洞駅近くに店舗を構える知り合いの酒店に車を停めさせて貰うのが常だ。

大晦日から元日にかけては客通りが絶えないので、終夜店を開けている店主に挨拶し、駐車させて貰いますと断りを入れる。快諾してくれる店主に礼を言い、神社へ向かう参拝客の流れに乗って歩き始めた。

「すごい人ですね。花火大会の時みたいです」

「そうだな。鵲市が賑わうのは花火大会と正月くらいのもんだ」

「お正月はお酒を売らないんですか？」

花火大会では屋台と並んで出店し、酒を売った。初詣客で賑わう道沿いにも屋台が出ているのを見て尋ねる三葉に、響は首を捻る。

「正月に酒を売るって話は聞かないな。仕込みの時期だから忙しいし、それどころじゃないからだろう」

「さっきのお店で売ってくれてるしね」

七洞川沿いで開かれる花火大会では近くに店がないが、初詣の場合、駅前にある店舗で扱って貰える。だからじゃないかという秋田の話に頷いていると、「響」と呼びかけられた。

振り返ると、着物姿の佐宗が手を上げて近付いて来る。

「会えてよかった。連絡しようと思ってたところだ。三葉ちゃん、いい着物だね。よく似合ってる。可愛いよ」

「ありがとうございます！」

すかさず三葉を可愛いと褒める佐宗に響と秋田が感心していると、続けて「響さん！」という声がした。響は人混みでも目立つから見つけやすい。駆け寄って来たのは塚越と高階で、二人も三葉の着物を見て似合ってると褒めた。

「やっぱ三葉は着物だな！」

「お嬢様に見えるよ」

「そんな…ありがとうございます！」

全員揃う（そろ）と大勢の参拝客に交じって神社を目指す。七洞駅から鵠神社の拝殿までは一・五キロほど。普段ならば歩いて二十分もかからない距離だが、大勢の人が参拝する初詣は人が多すぎて思うように歩けない。

人波に紛れてのろのろ進んでいたものの、二の鳥居に着いて参道に入ろうかというところで、動きがぴたりと止まってしまった。

どうしたのかと心配する三葉に、響は毎年のことだと説明する。

「もうすぐ日付が変わるだろう。年明けを待ってお参りしたいから拝殿近くで足を止めるんだ」

「じゃ、この列はずっと続いてるんですか？」

驚く三葉に頷き、十二時を回ったら動き出すはずだと付け加える。それから、その場で小さく柏手（かしわで）を打って頭を下げ、目を閉じた。

「……」

何かを祈っている響の横顔を、三葉はじっと見つめる。目を開けた響は隣からの視線に気づき、三葉を見て「なんだ？」と聞いた。

「どうしてお参りするんですか？」

「このままだと新年になっちまうだろ。大晦日の内に一年のお礼を伝えたくて」

拝殿に辿り着いていなくても境内には入っているから、神様は聞いてくれるはずだ。お賽銭は後でな。にやりと笑って言う響に三葉は大きく頷き、彼の真似をして小さく二度手を打った。

「…ありがとうございました…」

ブツブツと呟き、下げていた頭を戻した三葉に、響はどんな礼を伝えたのかと尋ねる。

「響さんのところで奉公させて貰えるようになったお礼を。あと、皆さんにお会い出来たお礼も…響さんは？」

「俺は…皆が無事に過ごせたことと…いい出会いを幾つも貰えた礼かな。…お前にも会えただろう？」

「…はいっ！」

満面の笑みを浮かべ、三葉は大きく頷く。会えてよかったと響も思ってくれているのが嬉しくて、頬が緩みっぱなしになってしまう。

それに。

「新年のお願いは…」

何ですか？　と聞こうとした三葉は、周囲が一斉にざわついたのに驚く。背後に並んでいた秋田たちから「あけましておめでとう！」と言われ、年が明けたのを知った。

「お、十二時回ったのか」

「三葉、今年もよろしくな！」

「よろしく、三葉ちゃん」

「三葉ちゃん、よろしくね」

「こちらこそよろしくお願いします！」

皆で年明けの挨拶を交わしていると動きが止まっていた列が進み出した。拝殿前で日付が変わるのを待っていた参拝客たちが移動を始めたらしい。

ゆっくりとしたスピードで進む列に続いて参道を歩き、階段を上がって、拝殿に辿り着く。初詣用に用意された大がかりな賽銭入れに賽銭を投げ入れて、二拝二拍手一拝の拝礼をした。

美味(おい)しいお酒が造れますように。たくさん売れますように。

そんな願いを込めて祈り、顔を上げた三葉は、隣で響がまだ手を合わせているのに気づいてじっと見る。

新年になったら何をお願いしますか…と聞こうとしたけれど、聞かなくても分かっている。

きっと、響の願いは自分と同じだ。

「……」

響が閉じていた瞼を開ける。真っ直ぐ前を向き、深く頭を下げる。それから長い腕を後ろから伸ばして、三葉のお団子を押さえた。

「なに見てんだ」

「すみません……！」

謝る三葉に響はちゃんと願いを伝えたのかと聞く。三葉は「もちろんです！」と自信満々に答えた。

「美味しいお酒が造れて、たくさん売れるようにお願いしました！」

三葉がそう話すのを聞いて、周囲から次々と声が上がる。

「俺も同じだよ」

「あたしも！」

「俺もです」

「俺は旅館が繁盛しますように、だ」

一人違う願いを口にする佐宗に、響が「お前も合わせろよ」と無茶を言う。ごった返している拝殿前では立ち止まらないようにと、アナウンスが鳴り響いており、一同もところてんのように人波に押し出されて帰り道へ向かった。

人の流れを妨げないように、拝殿へ向かうには参道を、帰りは裏参道を通るように誘導路が作られている。往路よりはさくさく進める道を歩きながら、二の鳥居を出た先に並んでいる屋台で何か買って食べようという声が上がった。

「唐揚げ食べたい」

「まずはベビーカステラでしょ」

「焼きそばは外せないぞ」

「串焼きって出てたっけ？」

何にするかと盛り上がる一行の後ろを歩きながら、三葉は響に質問する。

「響さんは何をお願いしましたか？」

「皆の無事と健康と…酒がたくさん売れますように、だ」

やっぱり。思った通りだと嬉しくなって笑みを浮かべる三葉に、響も笑みを返す。

「お酒、売れるといいですねえ」

「皆で同じこと願ってるんだ。神様だって聞いてくれる」

きっと聞いてくれますよ！　と断言する三葉の声が優しく耳に染みる。響はお団子をぽんぽんと叩き、「だといいな」と言って夜空を見上げた。

去年の自分はなんとなく手を合わせるだけだった。何を願ったのかも覚えていない。無事に健康でやっていけますように。そのくらいの願いだったはずだ。

新たに加えた願いは神に届くだろうか。

届くといい。そう願って、屋台へ向かう秋田たちのあとを追いかけた。

響たちが出かけて行くと途端に静かになった座敷で、聡子と中浦はこたつに入ってテレビを見ていた。紅白歌合戦を見ながら、聡子は酒を飲み、中浦はお茶を飲む。

「演歌の人って昔から変わらないわよねえ。この人なんか、私より十歳くらい年上のはずよ？」

「芸能人だからな。それより、飲み過ぎるなよ」

「大丈夫。家だもの」

このまま寝落ちしたって平気だと言い、聡子は四合瓶から手酌で直接酒を注ぐ。秋田が醸した純米酒はひやだとスルスル入って行くのだと、しみじみ呟いた。

「美味しいのよねえ…秋田くんのお酒」

「今季のは更に美味いそうじゃないか」

「みたいよね。楽しみだわー」

下戸である中浦は酒の味は全く分からない。だから、人の話で判断するしかないのだが、銀行の方でも美味くなったと評判になっているらしいと話す。

「松下支店長が年末に本店へ挨拶へ行く時にうちの酒を持って行ったらしいんだ。融資部の担当者に飲んでみてくれと渡したら、回り回って俺の知り合いが飲むことになって連絡があった」

「美味しかったって？」

頷く中浦に、聡子は「よし」とガッツポーズを決める。

「融資、してくれるかしら？」

「それはまた別の話だろうが…」

来年は期待がもてそうだ。そう言う中浦の口元は緩んでいて、聡子はほっとする。

中浦にはずっと迷惑をかけ続けている。少しは好転してくれないと申し訳なさばかりが募っていく。

「お酒が売れて、借金が減って、あの子たちが好きなようにお酒を造れるようになっていったら…いいんだけど」

「一歩ずつだ。一足飛びに何とかなるもんじゃない」

地道に頑張ろうという元銀行員らしい堅実な発言に聡子が頷いた時だ。スマホが鳴る音が何処からか聞こえて来た。

中浦はポケットから自分のスマホを出し、鳴っていないのを確認して聡子ではないかと指摘する。

「そうね…どこに置いたかな…」

台所かもしれないと言い、聡子はこたつを出て立ち上がった。酔いで少しふらついたが、歩けないほどじゃない。大丈夫かと心配する中浦に平気だと返し、座敷を出て台所へ向かう。

暖房が効いていない廊下はとても冷えていて、身体が震えるほどだ。腕を抱えて小走りに台所へ向かい、明かりを点すと、テーブルの上でスマホが着信音を響かせていた。

「誰かしら…」

新年が迫った午後十一時過ぎ。電話してくるような相手に心当たりはなく、響だろうかと不安が過る。もしや、事故でも？

まさかと思いつつ、スマホを手に取って画面を見ると。

「……」

相手は公衆電話であると通知されていて、聡子は息を呑んだ。公衆電話からかけて来るような事態なのかと慌てて、電話に出る。

「響？　大丈夫？」

酔っていたせいもあって短絡的になっていた。事故でスマホが使えないような状態になった響が助けを求めてかけて来たのだと、思い込んでいた。

だから、まず「響」と呼びかけたのだが。

『……』

電話の向こうから返事はない。声も出せないのだろうか？　口元を押さえ、焦る聡子の耳に遅れて届いたのは。

『…母さん…、俺…』

「……。…た…まき…？」

考えてもいなかった相手の声が聞こえ、聡子は消えそうな声で呼びかける。

いなくなってからずっと捜し、捜して捜して、半ば諦めていたその声が聞けたのは、間もなく年が明けようとしていた大晦日（おおみそか）の夜だった。

エピローグ

大山の山奥深く。ひとの足では辿り着けない名前のない村でも、正月の準備が進められていた。

正月には下界に派遣されている「座敷わらし」たちが各家に帰って来るので、村は賑わいを見せる。

久方ぶりに会う子供たちを喜ばせようと好物を用意し、下界ではあれこれ苦労も多いだろうからと、下にも置かぬもてなしで労う家が多い中、三葉の実家である赤穂家では、家長代理を務める長兄の紫苑が苦心していた。

「蔦ー！　蔦は何処だ？」

弟の名を呼びながら広い屋敷の外廊下を踏み鳴らす紫苑の表情は鬼気迫るものだ。恐れをなした使用人たちが遠巻きに見守る中、「台所で見たよ」と教える声が背後から聞こえる。

紫苑が振り返ると、すぐ後ろに双子の妹の紅葉と躑躅が立っていた。二人は「座敷わらし」であり、昨日里帰りして来た。

「台所で何を……」

「新しく入った使用人さんに絡んでた」

「嬉しそうだった」

「……！」

またかと絶望的な気分になりながら、紫苑は台所へ向かう。自分の後ろを紅葉と躑躅がついて来るのに気づき、一緒に来なくていいと遮った。

「お前たちは帰って来たばかりなんだから休んでなさい」

「大丈夫」

「全然元気」

「いいから向こうへ……」

「だって」

「面白そう」

本音を口にする二人に声を荒らげてしまいそうになったが、ぐっと堪え、台所へ向かう足を速める。怒るべき相手は紅葉と躑躅ではなく、蔦だ。

蔦は座敷わらしの能力を持っていないから下界には下りず、家の手伝いをしている。家の仕事を取り仕切っていた三葉が派遣された後、蔦にその代わりをさせて来た。

しかし。

「えーそうなんだ？　可愛いと思ったら、さよちゃんの妹かー。美人姉妹なんだねー」

「蔦!!」

広い台所に轟く紫苑の声に、忙しく働いている使用人たちが動きを止める。紫苑が蔦を叱りつけるのはいつものことで、慣れっこの本人は悪びれもせずににっこり笑った。

「兄様。何かご用ですか？」

「何かご用じゃない！　用なら山ほど言いつけてる！　どうして何もやってない!?」

「あーいや、今からやろうかなーって」

「今からって、もう大晦日なんだぞ！　私が頼んだのは正月の用事だ！」

間に合うと思うのか？　と憤る紫苑に、蔦は「頑張るよ」と返す。全く反省のないその態度に苛つき、紫苑は更に声を荒らげようとしたが、紅葉と躑躅にとめられた。

「兄様、落ち着いて」

「兄様、顔怖い」

「…っ…」

まあまあ…と妹二人に窘められると、紫苑も自分の大人げなさに恥じ入って拳を収めるしかなくなった。とにかく、すぐにやれ。眇めた目で睨みつけられた蔦は、素直に頷いて台所を出て行った。

疲れ果てた気分でその場に座り込んだ紫苑の両隣に、紅葉と躑躅がしゃがみ込む。

「三葉ちゃん、いないから」

「三葉ちゃん、大事」

家の用が回らず、紫苑が追い詰められているのは、ひとえに三葉がいなくなったせいだ。普段は何とかやりくりしているが、行事ごとの多い時期になると、三葉の働きにどれだけ助けられていたか思い知らされる。

正月には戻って来てくれるかもしれないと淡い期待を抱いていたものの、忙しいので帰れないという文が届いた。

「どうして帰って来ない？」

「寂しい」

下界に派遣されている紅葉と躑躅は、里帰りで姉の三葉に会うのを楽しみにしていた。人手不足で三葉も派遣されたという話は聞いていたが、正月には会えると思い期待して帰って来たのに。

紫苑は三葉を慕う二人に、苦笑を浮かべて仕方ないのだと説明する。

「派遣先が忙しいみたいで…三葉はお前たちとはちょっと違って、『奉公』に出てるからね」

「ほうこう…」

「大変？」

「どうかな…。でも、うまくやってるみたいだよ。お供えもたくさん来るから…秋にも珍しい果物や美味(おい)しいお菓子がたくさん来て、長老会でも評判になったくらいだ」

派遣先でのお供え物は村に転送される。現物が移動するわけではなく、お供えされた品と同じものが紹介所が管理している祭壇に現れるのだ。それは村にとって貴重な物資となる。

よって、派遣先を栄えさせるのは重要な使命である。豊かになればお供え物も豪華になるからだ。

「よかった?」

「安心?」

評判になったと言う紫苑の横顔には微笑(ほほえ)みが浮かんでいた。三葉が派遣先でうまくやっていけているのが嬉しいらしい。

紅葉と躑躅に確認された紫苑は「ああ」と頷き、ほっとしているのだと告白した。

「三葉が帰って来てくれないのは残念だけど…うまくやってるなら、その方がいいからね。…さ、蔦の様子を見に行って来るよ」

またサボっている可能性が高いから。笑みを消して言い、紫苑は立ち上がる。

間もなく夜も更け、年が明ける。下界にいる三葉もいい年が迎えられるようにと願いつつ、残っている用事を数えて、その存在を懐かしく思った。

この作品はフィクションです。
実在の人物や団体などとは関係ありません。

お便りはこちらまで

〒一〇二―八一七七
富士見L文庫編集部　気付
谷崎　泉（様）宛
細居美恵子（様）宛

富士見Ｌ文庫

老舗酒蔵（しにせさかぐら）のまかないさん　二
秋風薫（あきかぜかお）る純米酒（じゅんまいしゅ）とほくほく里芋（さといも）コロッケ

谷崎（たにざき）　泉（いずみ）

2022年10月15日　初版発行

発行者　青柳昌行
発　行　株式会社 KADOKAWA
〒102-8177　東京都千代田区富士見2-13-3
電話　0570-002-301（ナビダイヤル）

印刷所　株式会社暁印刷
製本所　本間製本株式会社
装丁者　西村弘美

定価はカバーに表示してあります。　◇◇◇

ISBN 978-4-04-074644-9 C0193

鎌倉おやつ処の死に神

著／谷崎 泉　イラスト／宝井理人

命を与える死に神の優しい物語

鎌倉には死に神がいる。命を奪い、それを他人に施すことができる死に神が。「私は死んでもいいんです。だから私の寿命を母に与えて」命を賭してでも叶えたい悲痛な願いに寄り添うことを選んだ、哀しい死に神の物語。

【シリーズ既刊】全３巻

富士見L文庫

月影骨董鑑定帖

著／谷崎 泉　イラスト／宝井理人

「……だから、俺は
骨董が好きじゃないんです」

東京谷中に居を構える白藤晴には、骨董品と浅からぬ因縁があった。そんな彼のもとに持ち込まれた骨董贋作にかかわるトラブル。巻き込まれないよう距離を置こうとする晴だったが、殺人事件へと発展してしまい……!?

【シリーズ既刊】全3巻

富士見L文庫